Yvonne Krogner

Der Tag nach dem Leben davor

Roman

Dialogfaden

Besuchen Sie uns im Internet:
www.yvonnekrogner.de

Originalausgabe

1. Auflage September 2018

Imprint: Independently published
ISBN: 978-1-723-82531-6

Für meine Familie

Freundin aus der Küche rief: "Möchtest du einen Kaffee oder irgendwas anderes?"

"Kaffee wäre perfekt!", antwortete Hannah.

Kaum hatte Hannah ihre Tasse erst zur Hälfte getrunken, als es an der Haustür klingelte. Katharina sah Hannah mit hochgezogenen Augenbrauen an und lief zur Sprechanlage.

"Ja, bitte?"

Aus dem Lautsprecher dröhnte: „Guten Tag Frau Farber, Hauptkommissar Kronenberg und Hauptkommissar Fischer hier. Können wir kurz mit Ihnen reden?"

Katharina drückte den Türöffner, begrüßte die Polizisten und ging mit den beiden in den Besprechungsraum. Als Hannah an ihrem Kaffee nippte, hörte sie das Schleifen der Stuhlbeine.

„Was kann ich für Sie tun?", fragte Katharina. „Frau Farber, wissen Sie, wo sich Ihr Mann aufhält?", antwortete eine Männerstimme.

„Nein, weiß ich leider nicht. Er müsste jeden Moment kommen. Ich bin soeben erst von einer Reise zurückgekommen und fand das Haus leer vor. Warum fragen Sie?"

Hannah hörte, wie jemand sich räusperte und sagte: „Vielleicht haben Sie im Radio von dem Unfall auf der B264 gehört. Mehrere Fahrzeuge waren involviert. Drei Verletzte und ein Schwerverletzter. Nach den bisherigen ersten Erkenntnissen ist ein Opel Kapitän mit einem entgegenkommenden Fahrzeug kollidiert. Der Fahrzeugführer wurde schwerverletzt aus dem Wagen geborgen. Ihr Mann fährt doch einen Opel Kapitän?"

Hannah rutschte vor zur Kante des Sitzpolsters. Ihre Hände schwitzten und sie hielt die Tasse auf ihren Knien.

„Frau Farber? Fährt ihr Mann einen Opel Kapitän, Baujahr 1960?"

Katharina antwortete leise: „Ja, 1960 ist Justus' Geburtsjahr."

„Hatte ihr Mann in letzter Zeit gesundheitliche Probleme? Oder war er in medizinischer Behandlung?", fragte die andere Männerstimme.

„Nein."

„Psychische Auffälligkeiten?"

„Nein, warum fragen Sie das alles? Wo ist Justus?"

„Ihr Mann wurde mit dem Rettungshubschrauber in die Unfallklinik geflogen. Haben Sie jemanden, der Sie ins Krankenhaus begleitet? Sie sollten jetzt besser nicht allein sein!", sagte ein Polizist.

Hannah presste eine Hand auf ihren Mund. Dabei fiel ihre Tasse hinunter. Sofort rutschte sie vom Sofa hinab, um den Scherbenhaufen einzusammeln. Als sie aufsah, schaute sie in das Gesicht eines der Polizisten, der sie anlächelte und sagte: „Hauptkommissar Fischer. Und wer sind Sie?"

Hannah schnellte hoch und sagte: „Ähm, Hannah Schuster! Ich bin eine Freundin der Farbers. Ist etwas passiert?"

Der Polizist nickte nur und winkte, damit Hannah ihm folgte. Im Besprechungszimmer sah sie Katharina, die ihren Kopf mit beiden Händen abstützte und ihr Gesicht dahinter versteckte. Der zweite Polizist stand auf, während er Hannah die Hand reichte, und sagte: „Hauptkommissar Kronenberg … Frau Schuster, können

Sie Frau Farber in die Unfallklinik begleiten? Ihr Mann Justus hatte einen Autounfall und ist nach Merheim geflogen worden. Wir möchten Frau Farber, in der jetzigen Situation, in guter Obhut wissen!"

Hannah sah zu Katharina, dann zu den beiden Polizisten und antwortete: „Jetzt sofort? Ehm ... ja klar. Wir können sofort losfahren, wenn das okay ist?"

Die Polizisten nickten sich zu und Kronenberg sagte: „Gut, dann lassen wir Sie allein. Hier noch meine Karte, wenn noch irgendwelche Fragen sind!"

Die beiden Polizisten verließen das Haus und es wurde totenstill. Hannah schloss ihre Augen für einen kurzen Moment und als sie sie wieder öffnete, saß Katharina am Tisch mit gefalteten Händen, wie beim Beten. Immer wieder berührte ihr Mund ihre gekreuzten Daumen. Diese Stille beunruhigte Hannah und sie atmete laut aus, als Katharina sagte: „Ich hole ein paar von Justus' Sachen. Dann fahren wir in die Klinik." Hannah nickte.

Im Esszimmer wanderte sie hin und her. Ihre Hände kribbelten. Auf der Treppe hörte sie Schritte und Hannah eilte in den Flur. Ihr Atem stockte beim Anblick von Katharinas rot unterlaufenen Augen. Stumm nahm sie ihr die Reisetasche ab.

Auf der Fahrt nach Köln-Merheim regnete es heftig. Hannah versuchte, den Seen auf dem Asphalt auszuweichen. Katharina lehnte schweigend mit der Schulter an der Beifahrertür.

Der Regen hörte erst auf, als sie auf dem Krankenhausparkplatz fuhren. Hannah lenkte ihre untergehakte

Freundin zur Intensivstation. Dort klingelte sie und Hannah sah noch, wie Katharina ihr geknülltes Taschentuch in die Manteltasche stopfte. Als Hannah die Frage nach dem Patientennamen aus der Sprechanlage beantwortete, summte der Türöffner. Zügig schob Hannah ihre Freundin vorwärts. Sofort hörte sie die vielen verschiedenen Pieptöne aus allen Ecken der Station. Ein Krankenpfleger näherte sich ihnen und fragte: „Frau Farber?" Hannah neigte ihren Kopf zu ihrer Freundin und er hob seine Hand, um Katharina zu begrüßen. Doch die reagierte nicht, sondern fragte nur flüsternd: „Wo ist Justus? Wie geht es ihm?"

Der Pfleger führte Katharina an jeder Menge Glasfronten vorbei, in das vorletzte Patientenzimmer. Hannah trottete beiden hinterher. Dort lag Justus. Er war mit Kabeln, Schläuchen und Pulsmesser verbunden. Sein Gesicht, oder das, was man davon noch sah, stach aus den reinen Pflasterflächen hervor. Seine Haare steckten in einer Netzhaube, die am Rand mit Sensoren gespickt war.

„Ihr Mann hatte sehr viel Glück. Das alles sieht viel schlimmer aus als es tatsächlich ist. Der diensthabende Arzt wird gleich mit Ihnen sprechen und alle Fragen beantworten", sagte der Pfleger und eilte aus dem Zimmer. Hannah stellte die Reisetasche auf einem Stuhl ab und folgte dem Pfleger auf den Flur. Dort wartete sie mit etwas Abstand zur Zimmertür. Sie lehnte an der Flurwand, verschränkte beide Unterarme vor der Brust und schaute zu Boden. Als sie erneut aufsah, schlich Katharina mit bebendem Kinn zu Justus. Durch die offene Tür hörte sie Katharina sagen: „Justus? Ich bin's … Katharina. Bist du wach?"

Doch Justus reagierte nicht. Auch nicht als Katharina seine Hand streichelte. Sie presste ihre Hand vor ihren Mund und drehte sich von Justus weg. Hannah sah wieder zu Boden und wünschte, er würde sich auf der Stelle öffnen.

Nichts regte sich, nur das permanente Piep … Piep … Piep. Mit jeder Sekunde fraß sich dieser Piepton tiefer und tiefer in Hannahs Seele … Piep. Ihre Gedanken flogen in die Vergangenheit zu Justus 50. Geburtstag vor zwei Monaten. … Piep … Wie sie vier zusammen gelacht, getanzt und gefeiert haben. … Piep … So wie es momentan aussah … Piep … Piep.

Ein wehender weißer Kittel mit Glatzkopf stürmte an Hannah vorbei in Justus' Krankenzimmer. Er schloss die Tür und sprach mit Katharina, die rücklings in einen Stuhl sank. Nach etwa vier Minuten eilte der Arzt aus dem Zimmer, an Hannah vorbei und verschwand wieder.

Hannah stand noch eine Zeitlang auf dem Flur, als Katharina zu ihr kam. Sofort fragte Hannah: „Wie geht es Justus?"

„Prof. Dr. Schwaan hat mir sämtliche Verletzungen aufgezählt. Und das waren einige."

„Und was genau?"

„Das kann ich dir nicht sagen ... zu viel Fachjargon. Neben Prellungen, Quetschungen und Schnittwunden hat er zwei Rippen gebrochen, einen Milzriss, Knieverletzungen und Schleudertrauma. Das ist zumindest das, was ich verstanden habe!"

„Und warum ist er nicht bei Bewusstsein?"

„Das kann ich dir nicht sagen ... Ich bleibe noch und fahre mit dem Taxi heim."

„Okay ... wenn was ist, ruf mich bitte an!"

„Ja. Hannah ... weswegen wollte Justus dich sprechen?"

Hannah sah Katharina an, zuckte kurz mit den Schultern: „Keine Ahnung. Das wollte er mir gestern am Telefon nicht sagen. Aber es klang wichtig."

Kapitel 2

Mitte Mai unbeständige Wetterlage

Auf dem Kingsize-Bett lagen zwei Koffer mit aufgeklapptem Deckel. Nacheinander trug Hannah Kleidungsstücke aus dem Wandschrank zum Bett, rollte sie und stopfte sie in die Koffer. Ihr iPhone klingelte.

„Hi, Babette, wie geht's dir?"

„Gut. Kommst du zum Couleur de Paris?"

„Nein, vielleicht nächstes Jahr wieder?"

„Kommen Katharina und Justus?"

„Unwahrscheinlich. Justus hatte vor vier Wochen einen Autounfall."

„Mon dieu! Wie geht es ihnen?"

„Justus liegt im künstlichen Koma seit der Not-OP. Es gab einige Komplikationen. Wir hoffen, dass er bald aufwacht!"

„Oh, non. Katharina muss stark sein."

„Das Schlimme sind die Ärzte. Der eine sagte Katharina, Justus würde von dem Sedierungsmittel wie ein Baby schlafen und dadurch um Jahre jünger werden. Katharina war außer sich vor Wut. Ein furchtbarer Tag! Thomas unterstützt mich, Katharina beizustehen."

„Terrible. Bitte sage Katharina, ich herze sie." Hannah lächelte leicht. „Ja, mache ich. Babette? Mein Flug geht in drei Stunden und ich muss noch Koffer packen."

„Bien, bon voyage! Bis bald!" Hannah hörte ein Ploppgeräusch in der Leitung und das iPhone bimmelte erneut.

Eine Nachricht erschien auf ihrem Display:

Svenja: Liebe Hannah, melde dich dringend bei mir. Hier braut sich was zusammen, Svenja.

Hannah: Sitze gleich im Flieger von L.A. nach Hause, wie dringend? VG Hannah

Svenja: Sehr dringend!!

Hannah: Okay, ruf mich an, wenn du kannst!

Svenja: Gehe zu meinem Auto

Hannah las noch die Nachricht und zog die Augenbrauen zusammen. Ihr Handy klingelte.

„Hi Svenja, was gibt es so Dringendes?", fragte Hannah.

„Sagt dir der Name Georgio Sandoz was?", sagte Svenja.

„Ja, klar. Das ist dieser Blender, der in den Wirtschaftsmagazinen als der neue Branchenüberflieger gefeiert wird. Aalglatter Typ! Warum fragst du?" Hannah lief mit dem Handy am Ohr vor dem Hotelbett auf und ab.

„Dann wird dir das gar nicht gefallen!"

„Svenja, mach' es nicht so spannend. Was ist mit Sandoz?", fragte Hannah.

„Er wird zum 1. Juli der Vorstand Waschmittel und Wäschepflegemittel."

Hannah plumpste rücklings auf die Bettkante.

„Hannah? Hast du mir zugehört? Sandoz wird zum 1. Juli dein Vorgesetzter!", sagte Svenja.

„Bist du sicher? Das kann nicht sein … ich sollte den Vorstandsposten bekommen. Ich sollte nach dieser Reise den Vertrag unterschreiben …“ Hannah sackte auf der Bettkante zusammen.

„Den Vertrag mit den Änderungswünschen habe ich eben bearbeitet und zum Chef reingegeben. Es tut mir so leid, Hannah! Aber ich dachte, ich sage es dir, auch wenn mich das den Job kosten kann. Alles andere wäre unfair. Es tut mir leid!“ Hannah fuhr mit der freien Hand über die Stirn und schob ihre Haarsträhnen zurück.

„Svenja! Ist schon gut. Die Entscheidung haben Dritte getroffen. Aus welchen Gründen auch immer! Danke, dass du es mir gesagt hast.“ Sie beendete das Gespräch und hielt das Handy mit beiden Händen.

Am Flughafen angekommen, lief sie mit ihrem Gepäck los. An der erstbesten Mülltonne blieb sie mit einem Rollkoffer hängen. Sie stöhnte in Richtung Himmel, um dann kräftig an dem Rollkoffer zu ziehen. Im Abflugbereich rief sie Thomas an. Hannah erzählte ihm Svenjas Hiobsbotschaft. Er sagte nur: „Dann ist wohl der Zeitpunkt gekommen, die Segel auf deinem Boot neu zu setzen. Es gibt noch andere attraktive Arbeitgeber und Aufgabengebiete.“

Hannah, mit beiden Ellbogen auf den Tisch gestützt, sagte: „Das klingt fast, als hättest du damit gerechnet!“

„Irgendwie schon. Die haben in letzter Zeit einige merkwürdige Entscheidungen getroffen. Sandoz passt da rein“, antwortete Thomas.

„Kann sein, aber dieser Sandoz ist ein Schaumschläger, der keine Ahnung hat …“

„Und du, Liebes, bist in einer ganz anderen Liga, um dich über so einen Schleimer aufzuregen.“

„Der ist gerade in meine Liga aufgestiegen und hat mich überholt!“

„Na ja, nur, wenn du für ihn arbeitest. Darauf spekuliert Sandoz.“

Hannah ballte ihre Hand zu einer Faust: „Ha, das wird nicht passieren. Ich kündige!“

„Du müsstest schon gestern kündigen, damit es nicht wie eine Trotzreaktion aussieht.“

„Geht doch. Ich erfahre es ja wahrscheinlich erst übermorgen, wenn ich wieder im Büro bin.“

„Und wie willst du das machen?“

„Ich schicke dir gleich das unterschriebene Kündigungsschreiben per Mail. Druck es bitte aus und wirf es in den Firmenbriefkasten ein. Maximal eine Stunde später liegt meine Vertragsaufhebung bei Svenja auf dem Tisch.

„Liebes, manchmal bist du genial!“, sagte Thomas.

„Ich dich auch“, flüsterte sie in den Hörer und legte auf.

Zügig tippte sie das Schreiben an den Vorstandsvorsitzenden und klappte ihr MacBook zu. Sie lehnte sich zurück, während sie zur Flughafendecke hinaufschaute. Das Zuklappen des Laptops hörte sich an wie das Zuschlagen eines Buches.

Hannahs iPhone klingelte. Auf dem Display erschien die nächste Nachricht:

Katharina: Bin am Ende. Justus hatte Herzstillstand. In der Firma Chaos, Sozialbeiträge nicht überwiesen. Wann kommst du? Liebe Grüße, Katharina.

Hannah: Flughafen Los Angeles, Ankunft Köln 23:55. Halt die Ohren steif, H.

Das Taxi hielt nach Mitternacht vor Hannahs Haus. Es war still. Die Nacht schien ihr Zuhause einzuhüllen wie eine Bettdecke. Sie trug die Koffer in den dunklen Flur. Dort trat sie auf etwas Raschelndes und zuckte zurück. Ein DIN-A3-Blatt mit der Aufschrift „Willkommen Zuhause - ich halte deinen Kuschelplatz im Bett warm" mit einem Herz daneben, lag vor ihren Füßen. Hannah biss auf die Unterlippe. Nach kaum zehn Minuten kletterte sie zu Thomas ins Bett, der sie umarmte und zu sich zog. Hannah streichelte ihn, bevor sie einschlief.

Irgendwo klingelte ein Handy. Hannah zog ihr Kissen über den Kopf. Es hörte einfach nicht auf zu klingeln. Langsam tastete sie mit der Hand danach und stellte auf Lautsprecher.

„Hannah? Du musst mir helfen! Die Krankenkasse will meine Konten sperren!", schrie Katharina.

„Guten Morgen Katharina", knurrte Hannah in Richtung des Telefons, „Krankenkassen drohen immer, wenn sie nicht pünktlich ihr Geld bekommen. Der Geschäftsführer haftet nun einmal für die Sozialbeiträge."

„Was", schrie Katharina, „das Geld ist doch da. Warum soll ich das bezahlen?"

„Weil du die kommissarische Geschäftsführung hast, bis Justus wieder in der Firma ist", stöhnte Hannah und drückte ihren Kopf ins Kissen.

„Ich kann das nicht! Ich schreibe Bücher, keine Geschäftsbücher, sondern Romane!"

„Katharina, jetzt reiß' dich zusammen. Solange Justus nicht in der Lage ist, musst du die Firma führen", sagte Hannah.

„Das glaube ich nicht. Es gibt ein Schreiben der Schichtleiter an mich, in dem sie mir erklären, dass es so nicht weitergehen könne. Die Firma würde so Justus' Krankenhausaufenthalt nicht überleben", jammerte Katharina.

„Was sagt Schöllersberg dazu? Schließlich ist er der Betriebsleiter und Justus' rechte Hand."

„Krank gemeldet auf unbestimmte Zeit. Angeblich Burn-out, sagt die Sekretärin."

„Mist, das hat gerade noch gefehlt!"

„Hannah, was soll ich tun? Um zehn kommen die Spanier und wollen die neuen Produkte durchsprechen. Ich weiß noch nicht einmal, um welche Produkte es geht! Justus wird mir das niemals verzeihen!" Katharina schrie diese Worte ins Telefon.

„Jetzt beruhige dich. Das wird schon alles werden."

„Ich kann das nicht", hörte Hannah noch Katharina sagen, bevor die Leitung abbrach.

Kaum betrat Hannah die Griff-Firmenzentrale in Köln, traf sie auf Svenja. Lachend begrüßte Hannah ihre Freundin.

Hinter hochgehaltenen Akten hörte sie Svenja flüstern: „Achtung, Sandoz ist im Haus. Gerade beim Chef. Der tobt wegen deiner Kündigung. Also Vorsicht!"

Hannah lächelte „Danke für die Vorwarnung. Lass' ihn toben. Hat er sich selber eingebrockt, wenn er Inkompetenz und Blender bevorzugt!"

„Wie kannst du nur so gelassen sein? Du brennst doch so für deinen Job!", sagte Svenja. Sie schüttelte mit dem Kopf und sah Hannah fragend an.

Hannah lächelte Svenja zu, klopfte ihr auf die Schulter und lief in die entgegengesetzte Richtung zum Aufzug. Erst nachdem sie ihr Büro im sechsten Stock betreten hatte, bemerkte sie den Kerl, der an ihrer Fensterbank lehnte.

Er sagte: „Hallo Frau Kollegin. Die Spatzen pfeifen es von den Dächern. Sie haben gekündigt?"

„Guten Tag, kennen wir uns? Und was machen Sie in meinem Büro?", antwortete Hannah.

Der Kerl richtete sich auf und stelzte in Hannahs Sichtfeld, als er sagte: „Ach, Schuster, jetzt tun Sie nicht so. Sie wissen genau, wer ich bin. Jeder in der Branche kennt mich!"

Hannah stand hinter ihrem Schreibtisch, nahm ihre Post und sagte wie beiläufig: „Aber ich bin nicht jeder! Wenn Ihnen jeder genügt, Herr Sandoz, dann geben Sie sich eben mit Mittelmaß zufrieden!"

Sandoz verschränkte seine beiden Unterarme vor der Brust und stand mit gespreizten Beinen wippend da: „Na also, geht doch! Aber Sie dürfen mich gern Georgio nennen, Hannah. Schließlich sind wir jetzt Kollegen. Sie können viel von mir lernen, wissen Sie."

Hannah spürte, wie sich ihre Halsschlagader spannte, als würde sie jeden Moment platzen. Doch sie sah nicht auf, sondern konzentrierte sich auf die Briefe in ihren Händen. Sandoz baute sich vor ihrem Schreibtisch auf und kam mit seinem Kopf ganz nah an ihren, als er leise sagte: „Meine Liebe, Sie riechen nicht nur gut, auch die Röte in Ihrem Gesicht macht Sie unheimlich sexy. Ich mag' Frauen, die ihre Krallen ausfahren. Das macht mich erst so richtig heiß ... das wird ein Mordsspaß mit uns werden. Ich liebe es jetzt schon ..." Er fuhr mit der Zungenspitze langsam über seine Lippen. Hannah hob ihren Kopf, schaute Sandoz direkt in die Augen und begann heftig zu lachen.

Beim Atemholen presste sie heraus: „Sorry, aber ich stehe nur auf echte Männer ... wie Sie auch, nicht wahr?" Mit einer Linksbeugung drückte sie eine Kurzwahltaste auf ihrem Schreibtischtelefon. Ein Freizeichen ertönte aus dem Lautsprecher. Sandoz starrte sie wortlos mit zu Schlitzen verengten Augen an. Dann drehte er um und mit geballten Fäusten stapfte er aus dem Büro.

Jasmina kam in Hannahs Büro. Dabei rieb sie kopfschüttelnd ihre Schulter: „Was war das denn für einer? Rempelt mich einfach an ...!"

„Unser neuer Chef, vielmehr dein neuer Chef!"

„Was?", fragte Jasmina mit großen Augen.

„Der Vorstandsvorsitzende hat beschlossen, Georgio Sandoz zum Vorstand zu ernennen. In der Konsequenz habe ich entschieden, das Unternehmen zu verlassen."

„Oh heilige Scheiße, nimm mich bitte mit! Eher sterbe ich, als mit dieser Ölsardine zusammen zu arbeiten!", bettelte Jasmina.

„Sobald ich weiß, wohin ich gehe, melde ich mich!"

„Vergiss mich bitte nicht!", flehte Jasmina.

„Jasmina, du bist eine sehr gute Assistentin. So schnell gibt es keine Zweite von dir! Ich hole dich. Versprochen!"

Jasmina schaute auf den Boden. Bevor sie noch etwas sagen konnte, wurden sie durch Telefonklingeln unterbrochen. Svenja teilte Hannah mit, dass der Vorstandsvorsitzende sie sofort sprechen wolle. In einem ebenso geschäftlichen Ton erklärte Hannah, sie sei in einer Besprechung und käme in fünf Minuten.

Als Hannah in Svenjas Büro eintraf, geleitete diese sie zum nächsten Raum und öffnete die Tür. An dem gläsernen Schreibtisch saß Dietmar Rudnik im Nadelstreifen-Anzug. Ein hagerer Typ, weißhaarig mit akkuratem Kurzhaarschnitt und schwarzer Rundbrille. Als Hannah den Raum betrat, schaute er nicht vom Laptop auf. Sie blieb in der Nähe der Tür stehen, bis er mit der Hand auf den Stuhl vor dem Schreibtisch deutete.

Zurückgelehnt, mit gefalteten Händen vor seinem Bauch, fragte er Hannah: „Ich habe ihre Bitte um Aufhebung des Vertrages gelesen. Können Sie mir bitte erklären, was das zu bedeuten hat?"

Hannah sah ihn stumm an, bevor sie Luft holte, und sagte: „Eine Kündigung bedeutet in der Regel, ein Mitarbeiter verlässt sein bisheriges Unternehmen."

Rudnik schluckte, sprang auf und baute sich vor ihr auf: „Frau Schuster! Sie sind mit sofortiger Wirkung freigestellt! Mitarbeiter, die eine einfache Frage noch nicht einmal beantworten können, haben in meinem Verantwortungsgebiet nichts verloren! Gott sei Dank, haben wir mit Herrn Sandoz einen fähigen Ersatz gefunden."

Grinsend schaute Hannah Rudnik an: „Dann ist doch alles geklärt", stand auf und verließ das Büro. Nicht ohne im Vorzimmer Svenja zuzuzwinkern. Auf ihrer Etage erwartete sie bereits der Wachdienst und Jasmina verwickelte die Jungs gerade in ein Gespräch. Spontan bog Hannah ins Nebentreppenhaus ab. Über den Außenrettungsgang betrat sie ihr Büro. Packte ihre persönlichen Dinge wie Urkunden, Preise oder Bilder von der Wand in eine Klappkiste ein. Prüfte den Schrankinhalt sowie die Schreibtischschubladen. Ein letzter Kontrollblick, ein Abschiedsseufzer, dann verließ sie mit ihren Sachen über den Balkon das Büro. Die Jungs vom Wachdienst standen immer noch bei Jasmina.

Aus dem Auto schickte Hannah eine Kurznachricht:

Liebe beste Assistentin der Welt! Grüße aus dem Parkhaus, habe alles dabei. Danke für Rettung. Telefonieren später? H.

Jasmina antwortete mit einem Daumen-hoch-Bild.

Hannah wartete noch an der roten Ampel der Werksausfahrt, als ihr iPhone klingelte. „Hallo Katharina, was gibt's?"

„Was gibt's, fragst du? Hier bricht alles zusammen, versinkt im Chaos ... und du fragst, was gibt's? Die Spanier verspäten sich, aber das ist jetzt auch schon egal. Ich weiß immer noch nicht, was ich denen erzählen soll. In Justus Unterlagen stehen nur Stichwörter. So komische Wörter wie Chargen, Kommissionierungen und Ansätze. Ich glaube, Justus hatte noch keinen Plan für das Gespräch ... Oh mein Gott, was jetzt?"

„Katharina, beruhig' dich! Meine Pläne haben sich kurzfristig geändert. Mach' das, was du am besten kannst. Kümmere dich bitte um die Gäste. Verschaffe mir Zeit, damit ich mit Justus' Sekretärin alles besprechen kann. Zusätzlich brauche ich jemanden, der Preise kalkulieren kann und die Maschinenauslastung der nächsten Zeit kennt. Alle an einen Tisch bitte", sagte Hannah, während sie an der grünen Ampel losfuhr und links abbog.

„Was hast du vor? Du kannst doch nicht für Justus' Firma verhandeln? Du kennst dich doch nicht aus", sagte Katharina.

„Okay, dann mach' du es. Du bist die Firmenchefin."

„Ich habe doch keinen Plan!"

„Ich schon. Was hast du zu verlieren?"

„Du bist dir sicher, dass du das kannst?"

„Wir werden sehen."

Die Scheinwerfer von Hannahs BMW warfen Lichtkegel voraus, als sie endlich auf dem Weg nach Hause fuhr. Nach langwierigen Verhandlungen hatten die Spanier letzten Endes unterschrieben. Für die Farber-Werke bedeutete der Auftrag mindestens sechs Wochen Vollbeschäftigung in der Produktion.

Hannah plante, die nächsten Tage nicht mehr aufzustehen, sondern mal richtig auszuschlafen. Die stressigen Termine in Los Angeles, der Rückflug, die Kündigung, die Sache mit Justus, zu wenig Schlaf ... von allem viel zu viel. Lächelnd kuschelte sie sich zu Thomas ins Bett, der sie sofort umarmte.

Gegen neun Uhr erwachte sie, denn das Telefon klingelte sie aus dem Schlaf.

„Guten Morgen Katharina, warum weckst du mich so früh", sagte sie und hielt die Augen mit der Hand zu.

„Gleich um 15 Uhr findet die Betriebsbesprechung statt. Nachdem Jonas im Betrieb erzählt hat, wie du den Großauftrag der Spanier an Land gezogen hast, möchten die Abteilungsleiter dich dabei haben", sagte Katharina.

„Du bist die kommissarische Geschäftsführung - nicht ich!“

„Ich muss zu Justus ins Krankenhaus!“

„Das kannst du noch nach der Sitzung!“

„Um 15 Uhr ist die Sitzung - sei bitte pünktlich!“ Plopp - das Telefonat war beendet. Hannah ließ das iPhone aus ihrer Hand fallen.

Die Abteilungsleiterbesprechung in den Farber Werken dauerte länger, als sie plante. Danach fuhr Hannah ins Krankenhaus. Vom Flur aus, sah sie, durch die Glasfront, in Justus Zimmer. Katharina stand mit kreidebleichem Gesicht und zitternden Händen am Fenster. Wie so oft, in den letzten vier Wochen, und Hannah wünschte sich, es würde endlich gute Nachrichten geben.

Leise betrat Hannah den Raum und streichelte zaghaft Katharinas Unterarm. Die zuckte zusammen.

„Hey, was ist passiert?“, flüsterte Hannah.

„Sie geben Justus stärkere Sedierungsmittel.“

„Oh, ich dachte, sie lassen ihn bald aufwachen?“

„Nein, Justus‘ Schmerzen sind heftiger geworden. … Ich halte das alles nicht mehr lange durch! Justus muss aufwachen und alles wird so, wie früher!“

„Bestimmt. Es braucht nur alles seine Zeit. Wir schaffen das!“

Am nächsten Morgen schlief Hannah endlich aus. Sie schaltete ihr Telefon bei der ersten Tasse Kaffee des Tages ein und sofort erschien eine Nachricht von Katharina auf dem Display. Hannah rief sofort Thomas im Büro an.

„Hallo Schatz, miese Nachrichten: Justus hatte den nächsten Herzstillstand heute Nacht. Katharina ist bei ihm.“

„Mist! Aber es ist besser, dass er jetzt nicht allein ist. Das gibt Katharina Zeit, sich mit der neuen Situation abzufinden."

„Wovon sprichst du?"

„Ach nichts, Justus wird das schon meistern."

„Katharina tut mir so leid. Sie steht immer mehr neben sich. Gestern hat sie den Nebeneingang zum Krankenhausgarten zugeparkt. Und natürlich eine Knolle bekommen."

„Sie sollte besser Taxi fahren - dürfte billiger sein."

Hannah seufzte. „Will sie nicht!"

„Dann lass' es. Sie ist alt genug."

„Boh Thomas, mit solchen Sprüchen kommen wir im Moment absolut nicht voran!"

„Liebes, wir kommen, so lange Justus im Koma liegt, überhaupt nicht voran."

Hannah seufzte erneut.

„Liebes, Kopf hoch, es reicht, wenn Katharina neben der Spur läuft! Ich muss weiter, bis später."

Hannah hielt ihr iPhone noch eine Zeitlang in den Händen. Dabei betrachtete sie eine Stelle in der Ferne, um anschließend eine Nachricht an Katharina zu tippen:

Koche für uns und wir machen uns einen netten Abend. Was hältst du davon? Liebe Grüße H.

Katharina: Lieben Dank, bin bei Freunden eingeladen. Ich muss auf andere Gedanken kommen. Die letzten Nächte nicht geschlafen.

Hannah las die Tageszeitung, die ihr Lieblingsehemann für sie gekauft hatte. Hin und wieder biss sie in ihr Brötchen oder trank einen Schluck Kaffee. So verbrachte sie den Vormittag am Frühstückstisch. Am Abend revanchierte sich Hannah mit einem leckeren Abendessen. Sie deckte den Tisch und zündete die Kerzen an, als Thomas zur Haustür hereinkam.

Am nächsten Morgen wartete Hannah bereits in Justus Büro auf Katharina. In der Zwischenzeit reichte Frau Henseler Hannah ein paar Unterlagen zur Durchsicht rein und besprach einige Dinge mit ihr. Nach mehr als einer Stunde erschien Katharina dann doch noch.

Frau Henseler brachte den Kaffee und setzte ihn vor Katharina ab. Für einen kurzen Moment verzog sie ihre Nase. Hannah sah von Frau Henseler zu Katharina. Nun bemerkte sie auch Katharinas gerötete Augen. Hannah dankte Frau Henseler für den Kaffee. Als sie wieder allein waren, fragte sie: „Katharina? Alles in Ordnung mit dir? Wie war dein Abend?"

„Alles bestens, Hanni. Es war toll gestern Abend!", sagte Katharina.

„Du bist zwei Stunden zu spät!"

„Na und, was soll's? Du warst doch beschäftigt, oder?" Katharina verdrehte die Augen.

„Darum geht's nicht. Das hier", Hannah zeigte auf die vor ihr liegenden Unterlagen, „ist dein Job, nicht meiner! Du hast die Verantwortung, solange Justus nicht selber dazu in der Lage ist!"

„Hanni, es läuft doch hier alles! Was regst du dich auf!"

„Ich heiße Hannah! Und ich hoffe, du bist in deinem angetrunkenen Zustand nicht auch noch Auto gefahren!"

Katharina beugte sich in ihrem Stuhl nach vorn zu Hannah: „Wie kommst du darauf, dass ich betrunken bin? Ich bin nur hundemüde. Habe seit Tagen nicht mehr geschlafen."

Hannah zog die Augenbrauen zusammen und wedelte mit der Hand vor ihrer Nase: „Das verstehe ich ja. Aber Justus hilft es nicht, wenn du in betrunkenem Zustand einen Unfall baust! Sieh zu, dass du dich ausschläfst und hier alles am Laufen hältst. Justus hat im Krankenhaus einen viel härteren Job zu machen!"

„Wie sprichst du mit mir? Das muss ich mir nicht gefallen lassen! So nicht, Hanni!" Katharina sprang von ihrem Stuhl auf, um das Büro zu verlassen. Sie schwankte und prallte mit dem Kopf gegen den Türrahmen. Mit einem Schmerzensschrei drückte Katharina eine Hand an die Stirn und torkelte rückwärts. Hannah zog sie an den Schultern zurück in den nächsten Stuhl. Sie stöhnte und jammerte vor Schmerz. Durch den Türspalt steckte Frau Henseler den Kopf: „Kann ich helfen?"

„Ja, holen Sie was zum Kühlen … irgendetwas … schnell!", rief Hannah ihr zu.

Sie beugte sich über Katharinas Stirn: „Darf ich mal sehen?" Vorsichtig nahm sie deren Hände weg. Darunter blutete eine Platzwunde. Das Blut lief schon an Katharinas Hand herunter.

Frau Henseler kam zurück und reichte Hannah einen mit einem Tuch umwickelten Kühlakku und einen Verbandskasten.

„Katharina? … Katharinaaaa!" Hannah sprach immer energischer, denn ihre Freundin verdrehte die Augen. Frau Henseler zog einen Stuhl heran und befahl: „Runter. Der Kreislauf. Wir müssen sie auf den Boden legen und die Beine hochlagern!" Hannah nickte und zog Katharina auf den Boden.

Die Sekretärin lehnte Katharinas Füße an den Stuhl an.

Während Hannah weiter den Kühlakku auf die Wunde drückte, öffnete Katharina die Augen. Hannah lächelte ihre Freundin an und sagte: „Ich nehme das jetzt vorsichtig weg und lege einen Druckverband auf die Wunde … bleib bitte still liegen." Mit mehreren langen Pflasterstreifen fixierte sie die Mullbinde auf der Verletzung. Dann nahm sie das feuchte Tuch, das ihr Frau Henseler anreichte, und befreite Katharinas Gesicht vom restlichen Blut.

„Das hat mir gerade noch gefehlt", jammerte Katharina auf dem Beifahrersitz, „eine Gehirnerschütterung, eine geklammerte Wunde und Fahrverbot vom Arzt. Besser hätte es gar nicht laufen können!"

„Doch, wenn der Türrahmen hätte ausgetauscht werden müssen …", sagte Hannah patzig.

„Hannah! Das ist nicht witzig!"

„Stimmt!"

Der BMW bog in die Einfahrt zum Farberschen Anwesen ein.

„Was macht dein Mann hier?" Hannah sah aus dem Augenwinkel, wie eine nahezu einäugige Katharina sie anschaute.

„Ich habe ihn angerufen und gebeten, mir ein paar Klamotten zu bringen."

„Wofür? … Oh, habe ich dich etwa mit Blut beschmiert? Das tut …auaaa." Katharina brach den Versuch ab, den Kopf zu senken.

„Nein, nein. Ich bleibe heute Nacht bei dir und passe auf dich auf!", sagte Hannah.

Katharina schwieg. Der BMW parkte neben Thomas. Bevor Hannah die Beifahrertür öffnete, gab sie ihrem Mann einen Kuss. Beide halfen Katharina beim Aussteigen. Behutsam führten sie sie ins Wohnzimmer zum Sofa. Es fiel ihr schwer, zu laufen. Die Beruhigungsspritze vom Hausarzt begann zu wirken.

Geräusche aus der Küche weckten Hannah am nächsten Morgen. Sie krabbelte aus dem Gästebett und sah nach. Katharina schleppte sich vom Tassenschrank zur Kaffeemaschine.

„Hey, du sollst doch nicht rumlaufen!“, rief Hannah.

„Hey, guten Morgen. Ich bin nicht todkrank oder liege im Koma. Ich kann mich noch bewegen“, sagte Katharina. Ihre Augen füllten sich mit Tränen. Hannah biss auf die Lippe und schritt auf Katharina zu, um sie vorsichtig zu umarmen. Zuerst stand Katharina steif wie ein Brett vor ihr, doch dann sackte sie in Hannahs Umarmung zusammen. Katharinas Tränen tropften auf Hannahs Schlafanzug. Während sie ihrer Freundin über den Rücken streichelte, spürte sie, wie Katharina sich immer mehr an sie drückte. Doch bevor Hannah etwas sagen konnte, löste sich Katharina von ihr, wischte die Tränen weg und entschuldigte sich. Schweigend schüttelte Hannah den Kopf.

Katharina schlich zurück aufs Sofa. Den Kaffee bereitete Hannah zu, deckte den Frühstückstisch und lüftete das Haus. Nebenbei tippte sie noch eine Guten-Morgen-Nachricht an Thomas.

Beim Frühstück erzählte Katharina von vergangenen Zeiten. Wie sie mit Justus in den ersten Jahren gelebt hat, später in dieses Haus zogen und den 50. Geburtstag von Justus im Februar feierten. Hannah ließ Katharina weitererzählen. Die guten Erinnerungen heiterten sie merklich auf. Sie lachten zusammen. Als Katharina zu weinen begann, nahm Hannah sie in ihre Arme. Katharina drückte sich an Hannah. „Alles gut", flüsterte Hannah schließlich. „Ich bin für dich da."

Katharina löste sich von ihr und stand auf. „Ich möchte gleich zu Justus ins Krankenhaus fahren. Ich war gestern schon nicht da. Sonst macht er sich vielleicht Sorgen."

Hannah lächelte, hob mahnend den Zeigefinger und sagte: „Okay, aber nur so lange, wie du im grünen Bereich bist. Sobald es nicht mehr geht, bringe ich dich sofort nach Hause!" Katharina stiegen Tränen in die Augen und fragte: „Eine andere Wahl habe ich nicht, oder?"

„Nein, zu Dr. Mikus müssen wir auch noch!"

„Jaha."

„Justus ist nicht alleine. Thomas ist bei ihm - gestern und heute."

„Was? Wieso?"

„Ich dachte, es wäre in deinem Sinne!"

Für ein paar Stunden wirkten die Schmerztabletten. Behutsam zog Katharina sich um und vermied es nach unten zu sehen. Unauffällig blieb Hannah immer in ihrer Nähe, um im Notfall sofort eingreifen zu können. Aber Katharina riss sich zusammen.

Zuerst fuhren sie zu Dr. Mikus, um die Wunde kontrollieren zu lassen. Im Beisein von Hannah lobte Dr. Mikus seine Patientin. Er riet Katharina, auf Alkohol oder Schlaftabletten zu verzichten, denn sie lösten keine Schlafprobleme. Stattdessen empfahl er ihr, jemanden bei sich zu haben, auf den sie sich verlassen könne. Dabei schaute er zu Hannah und Katharina folgte seinem Blick. Hannah sah beide an und nickte stumm.

Auf dem Krankenhausparkplatz hielt Hannah die Autotür auf. Doch Katharina saß nur da und starrte das Gebäude an. Sie hockte neben Katharina, nahm ihre Hand und streichelte sie. Katharina seufzte. Beim Aufstehen hielt Hannah die Hand ihrer Freundin, um ihr beim Aussteigen zu helfen. Aber Katharina zog die Hand zurück: „Lass' das … ich kann das!" Mit hochgezogenen Augenbrauen wich Hannah zurück und hob abwehrend beide Hände: „Ist ja gut!"

Bis in Justus Zimmer sagte keine von beiden ein Wort. Hannah war in ihren Gedanken und Überlegungen versunken. Dieses penetrante Piepen begrüßte sie. Abgrundtief hasste sie es, seitdem sie es zum ersten Mal gehört hatte.

Aus ihren Gedanken holte Thomas sie zurück ins Jetzt. Er drückte zur Begrüßung nur Katharinas Unterarme, um von der Verletzung wegzubleiben. Hannah umarmte ihren Mann für einen kurzen liebevollen Moment. Dabei strahlte sie und küsste ihn. Sie hörte, wie Katharina mit Justus sprach.

Thomas informierte beide darüber, dass die Ärzte mit Katharina dringend sprechen wollten. Katharina fragte mit Panik in der Stimme: „Jetzt?"

Mit leicht unsicherem Gang verließ Katharina das Zimmer. Sie wollte allein zum Gespräch mit den Ärzten gehen und stützte sich mit einer Hand an der Wand ab. Mit zusammengezogenen Augenbrauen sah Hannah ihr nach und Thomas umarmte sie.

Nach einiger Zeit öffnete sich die Zimmertür. Katharina schwankte ihnen entgegen. Sie steuerte mit ausgestreckten Händen auf Hannah zu. Sofort sprang sie auf, erfasste Katharinas Hände und fragte: „Was ist passiert?"

Katharina antwortete nicht. Ihr Kinn bebte. Thomas schob sie auf den nächsten Stuhl und schloss die Tür. Hannah sah ihren Mann an und versuchte, stumm mit ihm zu kommunizieren.

Irgendwann nahm Katharina ihr Handy und tippte eine Nachricht. Nachdem sie es in ihre Tasche steckte und ihre Hand vor den Mund hielt, brummte Hannahs Vibrationsalarm. Nacheinander schaute sie ihren Mann und dann Katharina an. Hannah kramte ihr Handy aus der Tasche, las die Nachricht und alle Farbe verschwand aus ihrem Gesicht. Sie biss auf die Unterlippe und hielt Thomas ihr Handydisplay mit der Nachricht entgegen:

Die Ärzte können nichts mehr für Justus tun. Ich soll meine Zustimmung geben, die Geräte abzustellen.

Thomas las die Zeilen und sah Hannah entsetzt und stumm an. Alle drei ließen schweigend die Köpfe hängen. Hannah streichelte Katharina am Unterarm, doch die schob die Hand weg.

Sie saßen auf der Terrasse. Thomas kam mit einem Tablett heraus.

„So, meine liebe Katharina, hier wie gewünscht dein Kaffee. Hier mein Liebes, dein Milchkaffee!“

„Lieb von dir, Danke!“, sagte Katharina.

„Was haben die Ärzte gesagt?“, fragte Hannah.

„Man hat bei Justus einen Gehirntumor festgestellt, der vermutlich auch für den Unfall verantwortlich ist. Er drückt auf irgendein Zentrum im Gehirn, was seine Bewegungsfähigkeit lähme.“

Thomas sagte: „Kann man denn nicht operieren? Bestrahlen?“

„Anscheinend nicht. Der Tumor ist über das ganze Gehirn verteilt. Nach einer OP bliebe so gut wie keine Gehirnmasse über.“ Katharina schluchzte. Sie sprach mit heiserer Stimme: „Es gibt keine Hoffnung!“

In ihren Händen drehte sie ein Papiertaschentuch, mit dem sie die Tränen in ihren Augen in Schach hielt.

Hannah fühlte sich weit weg und hörte Thomas aus weiter Entfernung leise fragen: „Was wirst du tun?“

Hannah fühlte sich wie ein Vogel, der über den beiden flog. Sie stieg immer höher, höher und höher. Sie sah, wie Katharina Thomas ansah und die Schultern hob:

„Ich weiß es nicht. Ich kann das nicht entscheiden … Ich kann doch nicht bestimmen, dass Justus stirbt!“

Thomas nickte leicht und fragte weiter: „Was ist die Alternative? Willst du ihn weiter so liegen lassen? Was ist, wenn die Maschinen ihn noch Monate am Leben halten, obwohl er eigentlich schon …“ Thomas vollendete den Satz nicht.

Hannahs Vogel flog raus auf die Terrasse und zog sie mit. Sie stürzte auf dem Rasen ab und lief ein paar Schritte, um ihren Atemrhythmus zu beruhigen. Sie sah, wie Katharina bitterlich weinte und Thomas versuchte, sie zu trösten. Katharina schaute zu Hannah und ließ ihre Tränen laufen. Nach einigen Minuten stand sie auf und sagte: „Ich möchte allein sein. Ich lege mich was hin.“

Thomas kam zu Hannah raus in den Garten, steckte seine Hände in die Gesäßtaschen und schaute mit ihr in den Himmel. Hannah holte tief Luft, bevor sie reden konnte: „Es tut mir alles so leid für sie. Mich macht das Ganze schon fertig. Wie muss Katharina sich erst fühlen?

Thomas antwortete: „Du solltest sie heute Nacht nicht alleine lassen. Sie wird sowieso nicht schlafen können. Liebes, kümmere dich bitte um sie!“

„Klar, mache ich doch schon die ganze Zeit!“

Um vier Uhr in der Nacht fand Hannah ihre Freundin in der Küche. Sie wollte eine heiße Milch trinken, aber fand den Topf nicht. Hannah zeigte ihr, wo alles stand. Und kochte die Milch für Katharina.

Als sie am Esstisch saßen, überredete Hannah Katharina, mit zu ihr ins Bett zu kommen. Hannah deckte sich zu und Katharina kuschelte sich mit ihrer Decke zu ihr. Hannah umarmte Katharina und sie spürte, wie Katharina immer gleichmäßiger atmete. Dann begann sie zu schnarchen.

Auch Hannah döste ein. Sie erschrak, als plötzlich das Schnarchen verstummte. Nichts passierte mehr - einfach gar nichts mehr. Totenstille. Hannah richtete sich auf und hielt selber den Atem an und horchte.

Und dann atmete Katharina wieder und schlief weiter, als wäre nichts gewesen. Im Gegensatz zu

Hannah, die ihren Puls in den Ohren hämmern hörte und Herzrasen hatte. Sie fiel zurück in ihr Kissen, versuchte, sich auf einen gleichmäßigen Atemrhythmus zu konzentrieren. Irgendwann schlief sie dann doch wieder ein.

Es dämmerte draußen. Die ersten Lichtstrahlen erhellten das Gästezimmer. Hannah tastete die Bettfläche ab. Niemand da. Ihr Kopf auch nicht. Denn sie versuchte, ihn zu heben, aber es passierte nichts. Sie streckte sich – vergeblich. Alles zwecklos. Da blieb ihr nur, zur Zimmerdecke zu schauen und die Bettdecke noch ein Stück höher zu ziehen. Aus dem Gästebad hörte sie das Rauschen von Wasser in der Dusche.

Hannah schleppte sich durchs Haus, erledigte Haushaltsdinge, sichtete die Post. Sie sah immer wieder nach Katharina. Die saß regungslos vor ihrer Tasse Kaffee, während sie in den Garten starrte. Seit dem Anruf von der Stationsschwester saß Katharina so da. Sie konnten erst nach dem Mittagessen zu Justus. Vorher wurde er gewaschen und untersucht.

Auf dem Krankenhausparkplatz schaltete Hannah die Zündung des BMW aus. Katharina sah nach unten und spielte mit ihren Fingern. Nach einer gefühlten Ewigkeit nahm Hannah vorsichtig Katharinas Hand in beide Hände, streichelte sie und versprach: „Ich bin hier bei dir und wir werden das schaffen - egal, was kommt!"

Katharina drehte ihren Kopf zu Hannah und flüsterte: „Danke!"

„Bist du bereit?"

„Ja."

Im Aufzug bemerkte Hannah die aktuellen Farben der Beule an Katharinas Stirn. Sie wechselte jeden Tag die Färbung. Heute leuchtete sie in einem kraftvollen Rot-Blau. Das Pflaster überdeckte zwar einen Teil davon, aber dennoch stach die Schwellung deutlich hervor. Hannah fand es nicht negativ, aber Katharina versuchte, die verfärbte Haut mit Schminke abzudecken. Das bedeutete zusätzliche Schmerzen. Auf dem Flur der Intensivstation eilte eine Krankenschwester an ihnen vorbei und rief ihnen zu:

„Guten Tag Frau Farber, Herr Professor Schwaan möchte Sie dringend sprechen!“ Beide schauten der Schwester noch hinterher, da bog sie schon um die nächste Ecke.

„Ich will nicht zu diesem Arschloch gehen!“, sagte Katharina trotzig.

„Katharina!“, ermahnte Hannah sie.

„Ich gehe da nicht mehr hin!“

„Es nützt nichts - wir müssen zu ihm. Vielleicht hat er gute Nachrichten?“

Doch Hannahs Funken Hoffnung erlosch in der ersten Minute des Gesprächs. Prof. Dr. Schwaan eröffnete Katharina, Justus Werte deuteten auf eine fortschreitende Sepsis hin. Schwaan redete nicht lange um den heißen Brei, sondern sagte knapp, Justus sei therapieresistent.

Katharina starrte Schwaan an, schluckte nur, aber sagte nichts. Hannah verstand es nicht und fragte nach den Konsequenzen. Schwaan lehnte sich in seine Sessellehne zurück und drehte seinen Montblanc-Kugelschreiber zwischen den Fingern. Er erklärte Hannah, eine

Sepsis sei ab einem bestimmten Stadium nicht mehr aufzuhalten und führe zwangsläufig zum Tod. Der Patient Justus Farber sei austherapiert. Prof. Dr. Schwaan sagte den Frauen, die Entscheidung zum Abstellen der lebenserhaltenden Maßnahmen sei unumgänglich.

Beim Verlassen des Arztzimmers wünschte er ihnen einen schönen Tag. Hannah starrte ihn mit offenem Mund an - hatte er tatsächlich „einen schönen Tag“ gesagt? Doch Hannah blieb keine Zeit mehr, um darüber nachzudenken. Der Flur vor dem Arztzimmer fehlte. Stattdessen lag ein schwarzer Canyon vor ihnen. An Katharinas wankendem Gang merkte Hannah, dass sie dabei war, über die Klippen hinaus zu treten. Im nächsten Moment ruderte sie mit ausgestreckten Armen, wie im freien Fall. Hannah sprang ihr nach und packte Katharina an der Hüfte, lenkte sie zum Aufzug.

Sie fuhren hinunter in die Eingangshalle. Als die Aufzugtüren sich wieder öffneten, schob Hannah Katharina nach draußen, vor die Eingangstür, an die frische Luft, in Richtung Krankenhauspark. Katharina weinte stumm und folgte ohne Widerstand dem liebevollen Druck von Hannah zu einer Parkbank. Katharinas Wimmern hörte sie immer noch. Das Gespräch lag ihr im Magen, der wie ein Höllenfeuer brannte. Ihr Versprechen an Katharina galt jetzt mehr denn je. Hannah saß vorgebeugt auf der Bank und starrte den Boden an. Die letzten sechs Wochen waren der blanke Horror gewesen ... und er schien kein Ende zu nehmen! Bei diesen Gedanken schüttelte Hannah ihren Kopf leicht, den sie auf ihren Händen abstützte.

„Ich kann das nicht entscheiden …", hörte Hannah ihre Nachbarin flüstern. Sie richtete sich auf und sah Katharina direkt an. Beide hatten tränennasse Augen.

„Das verstehe ich … wer kann das schon." Hannah nahm Katharinas Hand. Doch die zuckte und zog sie erschrocken zurück.

In Hannah brodelte es. Dieser Blödmann von Professor, der sich göttlich vorkam, diese blöden Geräte, die immer nur „Piep" sagten statt zu antworten, dieser blöde Gehirntumor, der an allem Schuld war. Hannah schaute in den Himmel, betrachtete die vorbeiziehenden Wolken und wünschte sich, dort oben auf der Dunstwolke zu sitzen. Zu Thomas zu fliegen, seiner Umarmung, seiner Wärme, seinem Duft, seinem Schutz.

Beide Frauen saßen noch lange nebeneinander auf der Parkbank, in der Sonne. Die Vögel zwitscherten, Autos fuhren im nahegelegenen Parkhaus auf und ab. Ein normaler Tag, wie jeder Tag. Ein Tag, an dem Justus in seinem Büro arbeiten, Katharina an ihrem nächsten Buch schreiben und Hannah die nächste Werbekampagne mit ihren Kollegen entwickeln würde. Ja, würde … die Würde wurde Justus genommen. Er würde wohl nicht mehr an seinem Schreibtisch sitzen können. In Hannah entstand ein grausames Bild von einer Realität und deren harter Schnitt von der Vergangenheit. Nur nach und nach begriff Hannah die Worte, die der Professor mit der Kettensäge in Hannahs Bewusstsein gefräst hatte. Die Wortfetzen setzten sich zu Bildern zusammen. Die Bilder setzten sich zur Zukunft zusammen. Sie schüttelte den Kopf, schüttelte ihren Oberkörper, um sich von der Grausamkeit der Worte zu befreien. Neben ihr kippte Katharina nach vorn. Im letzten Moment schob Hannah ihren ausgestreckten Arm unter Katharinas Oberkörper. Der erreichte fast die Knie und sie drohte von der Bank abzurutschen.

„Hey, Katharina! Katharina!“, schrie Hannah, zerrte sie auf die Bank zurück und drückte sie sanft, „Katharina, hörst du mich ... Katharina!“ In Zeitlupe hob Katharina endlich den Kopf und guckte durch Hannah hindurch. Sie schluckte, zog Katharina zu sich: „Wir schaffen das ... gemeinsam. Wir schaffen das!“ Hannah küsste sie auf die Stirn.

Katharina kam in die Realität zurück und rückte auf der Bank weg von Hannah.

Sofort griff Hannah nach ihrem iPhone und rief Thomas an. Sie brauchte ihn jetzt – mehr denn je. Sie erzählte ihrem Mann die schrecklichen Neuigkeiten. Thomas bot an, bei Justus die Abendschicht zu übernehmen und nach der Arbeit zu kommen.

Katharina nahm das Angebot ohne Widerspruch an, stand auf und sagte: „Ich möchte zu Justus.“

Hannah verstaute ihr iPhone und sagte: „Okay, dann los.“

„Ich möchte mit Justus allein sein und Musik hören.“ Hannah nickte, umarmte sie und drückte ihr einen flüchtigen Kuss auf die Schläfe: „Ruf mich an, wenn ich dich holen kommen soll! Halt die Ohren steif!“ Katharina lächelte Hannah an, umarmte sie kurz und ging dann ins Krankenhaus zurück.

Hannah lief in ihrem Zuhause umher. Sie fing vieles an, aber brachte nichts zu Ende. Alles fühlte sich unsinnig, so fremd an. Irgendwann gab sie auf. Sie stieg die Treppe hinauf ins Obergeschoss, um zu baden. Das Wasser rauschte in die Wanne und legte sich wie eine Art Schutzhaut um Hannah. Schließlich drehte sie das Wasser ab und wurde erst durch das Piepen ihres Handys geweckt. Im ersten Moment sah Hannah unscharf, schaute umher und versuchte zu erkennen, wo sie war. Sie griff nach ihrem Handy. Dort las sie keine Nachricht von Katharina, sondern von Thomas:

Bin im Krankenhaus. Justus geht es soweit gut. Seid ihr Zuhause?

Hannah rieb über ihre Augen, las die Nachricht erneut, bevor sie antwortete:

Nein, bin allein - in der Wanne. Wo ist Katharina?

Sie wählte Katharinas Nummer in der Wahlwiederholungsliste und wartete darauf, dass jemand ranging. Nichts passierte. Sie saß mittlerweile aufrecht in der Wanne. Ihr iPhone klingelte und Thomas schickte erneut eine Kurznachricht:

Die Schwestern sagen, Katharina sei vor zwei Stunden gegangen.

Hannah tippte: Nicht gut! Sie geht auch nicht ans Telefon. Ich fahre zu ihr nach Hause.

Sofort stieg Hannah aus der Wanne, trocknete sich notdürftig ab und zog an, was sie sich wahllos aus dem Kleiderschrank zog. Während der Fahrt zum Farberschen Anwesen versuchte Hannah immer wieder, Katharina zu erreichen.

Die Fahrt zog sich heute wie eine Tagesreise in die Länge. Nach zwanzig Minuten knirschten die Kieselsteine unter dem BMW. Hannah fühlte schon beim Aussteigen, das Katharina nicht hier war. Sie kramte hektisch den Haustürschlüssel, den ihr Katharina irgendwann mal gegeben hatte, „für den Fall der Fälle", aus dem Handschuhfach und spurtete die Marmorstufen zur Rosenholz-Haustür hoch.

Sie rannte durch das Haus, öffnete Türen, rief nach Katharina oder suchte zumindest nach Hinweisen, wo sie stecken könnte. Aber sie fand nichts:

„Katharina, wo bist du verdammt nochmal!", schrie sie schließlich, dabei hob sie ihre linke Handfläche auf die Brust und schluckte. Sie suchte, um doch noch irgendeinen Hinweis zu finden. Das Festnetztelefon klingelte. Hannah rannte hin und sagte: „Hier bei Farber."

„Ehm, hallo, hier ist Charly von der Rockbar. Wir haben hier eine Dame sitzen, die nicht nach Hause will, aber besser sollte."

„Was ist mit Katharina?"

„Sie ist sturzbetrunken, lehnt ein Taxi ab und will sich weiter betrinken. Können Sie sie abholen?"

„Wo?"

„Lindenstraße 94, Charlys Rockbar und beeilen Sie bitte. Die Dame baut stark ab!"

„Okay, bin gleich da."

Das Navi teilte ihr eine Fahrzeit von fünfunddreißig Minuten mit. Hannah drückte das Gaspedal ihres BMW durch. Von unterwegs rief sie Thomas im Krankenhaus an. Als Hannah endlich in einer Parklücke stand und den Motor ausschaltete, hörte sie bereits die Heavy Metal-Musik dröhnen. Sie folgte einfach den Klängen und stand vor einem unscheinbaren Schuppen, ein wenig heruntergekommen, mit abgesplitterten Wandlaternen und schweren eisernen Rollladen. Die Leuchtreklame war neu – Charlys Rockbar. Hannah streckte die Hand aus, um die Tür zu öffnen, aber mehrere Leute kamen ihr von innen entgegen und traten auf die Straße. Hannah versuchte erneut, den Türgriff zu erreichen.

„Na, meine Kleine. Heute Abend schon was vor?" Ein breit grinsender Typ starrte Hannah an. Ihn umgab ein umwerfender Dunst, sodass Hannah den Atem anhielt und durch die Türöffnung ins Innere sprang. Der Laden war proppenvoll. Sofort schlug ihr die Feuchtigkeit ins Gesicht. Die Bässe wummerten in ihrem Körper. Es war Freitagabend und der normale Alltag. Hannah prallte förmlich von dem fröhlichen Leben um sie herum zurück. Irgendwo hatte sie in den letzten Wochen ihr Zeitgefühl verloren. Sie hob ihr Kinn und kämpfte sich zur Theke durch.

Der Barkeeper trocknete mit einem Handtuch ein Glas ab: „Gut, dass Sie da sind", sagte er und zeigte mit dem Kinn nach rechts. Katharina saß vornübergebeugt auf einem Barhocker am Ende der Theke und lag mit dem Kopf darauf.

„Katharina?", sagte Hannah laut und schüttelte ihre Freundin. Keine Reaktion. Hannah versuchte es erneut: „Katharina?" Wieder nichts. Hannah seufzte und suchte die Handtasche, die ihre Freundin immer dabei hatte. Sie zog an Katharinas Oberarm, doch Katharina schubste Hannah weg und lallte:

„Lass' mich in Ruhe!" Hannah starrte Katharina an. Ihre Stimme war träge, kraftlos und weinerlich. Hannah biss auf die Lippe und packte erneut Katharinas Oberarm. Diesmal befahl sie ihr:

„Du kommst jetzt mit!“

Doch Katharina schlug nun nach ihr und lallte: „Lass mich in Ruhe … Lasst mich alle einfach in Ruhe!“ Trotz der wummernden Bass-Töne hörte Hannah Katharina brüllen. Hannah sah den Barkeeper an, der ihr verständnisvoll zunickte. Er winkte zwei Muskelpakete heran.

„Na dann! Die Dame, wir helfen Ihnen beim Aufstehen“, hörte Hannah einen der beiden sagen. Sie packten Katharina, einer rechts, einer links, und trugen sie zum BMW. Damit niemand ihr Lachen sah, hielt Hannah ihre Hand vor dem Mund. Mit ein paar Zentimeter Bodenfreiheit schwebte ihre Freundin zwischen den beiden Kleiderschränken über die Straße. Auch Katharina schien das nicht geheuer zu sein: Sie schaute von dem einen Kleiderschrank zum anderen.

Nachdem Katharina angeschnallt im BMW saß, gab Hannah ihren Rettern einen Zwanzig-Euroschein als Dank. Einer der Männer rief ihr noch zu: „Viel Spaß mit der Dame und passen Sie gut auf sie auf!“ Während Hannah über die Ringe fuhr, schlummerte Katharina unruhig auf dem Beifahrersitz. An einer roten Ampel grübelte Hannah über den Zuruf des Kleiderschranks. Warum sagte jeder, Hannah müsse auf Katharina aufpassen? Sie war kein kleines Kind mehr. Mit ihren 58 Jahren konnte sie sehr gut auf sich selber achtgeben.

In diesem Moment hörte Hannah ein Stöhnen, ein Röcheln, Katharina würgte. Als Hannah ihren Kopf zur Sitznachbarin drehte, sah sie nur noch, wie Katharina sich vornübergebeugt übergab … auf die Fußmatte … ihres BMWs … Katharina kotzte gerade den Fußraum ihres BMWs voll. Hannah hörte entferntes Gehupe, während Katharina gerade ihren BMW vollreiherte. Ein bestialischer Gestank stieg in Hannahs Nase, der sie in die Realität zurückholte … in den mit Mageninhalt bespuckten BMW. Reflexartig drückte sie den Knopf für das Verdeck. Sogleich ertönte ein surrendes Motorengeräusch. Das Autodach fuhr dezent zurück in den Kofferraum.

„Boah, is mir schlecht", sagte Katharina.

„Ach", antwortete Hannah.

„Warum fahren wir offen?"

„Damit mir nicht noch schlechter wird!"

„Dir ist auch schlecht? ... Oh! ... Willkommen im Club, Hanni!"

„Nenn' mich nicht Hanni!" Katharina schaute Hannah lange an. Dann in den Fußraum. Sie fing an zu kichern und lallte: „Oops, ich glaube eine Taube hat in den Wagen gekackt!" Dabei schaute sie Hannah wieder an und zeigte auf den Boden zwischen ihren Beinen.

Hannah sah mit gesenktem Kopf Katharina an und sagte: „Ach!" Sie drückte das Gaspedal tiefer. Niemand sprach mehr, bis beide am Farberschen Anwesen aus dem Wagen stiegen. Dann stieß Katharina auf und sagte:

„Also so was Ekliges … deshalb fahr ich kein Cabrio. Bei mir landet die Scheiße nur aufm Dach!"

Hannahs Nasenflügel bebten, während sie die Haustür öffnete. Sie schob Katharina, die Treppe hinauf, in ihr Bett und sagte keinen Ton mehr. Sofort verließ Hannah das Schlafzimmer wieder.

Hannahs iPhone klingelte und Thomas erschien auf dem Display.

Sie meldete sich: „Hi."

„Seid ihr gut angekommen?", fragte Thomas.

„Ja - sicher!" Hannah lief, mit der Hand auf der Hüfte gestützt, umher.

„Ist was passiert? Du hörst dich komisch an?“

„Sie ist sturzbetrunken ... und hat mir in den Wagen gekotzt! Kannst du dir das vorstellen … in meinen BMW!“ Hannahs Gesicht glühte feuerrot. Sie hörte nur, wie Thomas einen Lachanfall bekam. Ihre Nasenflügel bebten erneut und sie ließ das Handy sinken. Sie knallte den Zeigefinger auf die rote Taste und pfefferte das Telefon auf die Couch.

Am Morgen klingelte das Festnetztelefon und Hannah rollte sich auf dem Sofa aus der Decke. Die Couch konnte letzte Nacht nicht weit genug von Katharina entfernt sein.

„Hier bei Farber“, sagte Hannah. Eine Stationsschwester bat darum, dass jemand bei Justus sein möge. Hannah schüttelte den letzten Funken Müdigkeit aus den Gliedern und fragte nach, ob was passiert sei. Die Schwester wiederholte nur, es sei besser, wenn jemand bei Justus sei. Hannah versprach so schnell wie möglich zu kommen und legte auf. Während sie die Nummer von Thomas wählen wollte, kam Katharina und fragte: „Wer war das?“

„Das Krankenhaus, wir sollen kommen!“

„Du meinst, ich soll zu Justus fahren!“

„Ja, so kann man es auch formulieren.“ Dabei fiel ihr auf, dass Katharina bereits Straßenkleidung trug, frisiert und geschminkt war: „Bist du schon länger auf?“

„Eine Zeitlang, glaube ich …“, sie blätterte ein Gartenmagazin auf dem Esstisch durch, „es hat heute Nacht geregnet.“ Hannah schaute Katharina mit zusammengezogenen Augenbrauen an.

„Du hättest dein Cabrio nicht offen draußen stehen lassen dürfen. Es ist nass, auch innen. Das war ungeschickt von dir!" Katharina schaute dabei über den oberen Rand ihrer Brille zu Hannah.

Die verdrehte die Augen und sagte gepresst: „Ach, wenn es nur das ist …"

„Hast du Kopfschmerzen?", fragte Katharina beiläufig.

Hannah hob ihren Kopf und sah Katharina an, als sie fragte: „Warum sollte ich Kopfschmerzen haben?"

„Ich dachte nur."

„Hast du keine?"

„Ich - ich habe ganz gut geschlafen im Gegensatz zu dir!"

„Wie kommst du darauf, dass ich Kopfschmerzen hätte?" Hannah verzog ihr Gesicht und starrte Katharina an.

„Offensichtlich hast du auf dem Sofa geschlafen, weil du die Treppe nicht mehr rauf gekommen bist."

„Was?"

„Dein Auto ist von oben einsehbar. Es scheint, dir ist der gestrige Abend nicht bekommen. War es denn wenigstens schön, hm?"

Hannah kaute auf ihren Lippen und versuchte, die in ihr aufsteigende Hitzewelle in den Griff zu bekommen:

„Ob mein Abend schön war ... willst du wissen?"

„Ja … aber wenn du nicht darüber sprechen möchtest …" Katharina zuckte mit den Schultern und stellte ihre Tasse auf die Arbeitsplatte. Sie ging in Richtung Flur, als Hannah sie anbrüllte: „Das ist jetzt nicht dein Ernst, oder? Du warst in der Rockbar und hast dich volllaufen lassen. Du wolltest nicht mit dem Taxi nach Hause. Du konntest noch nicht mal mehr gehen, so betrunken wie du warst. Du bist von zwei Männern in den BMW getragen worden. Du hast in mein Auto gekotzt - nicht ich!"

Katharina drehte sich mit versteinertem Gesicht um und antwortete mit kehliger Stimme: „Dann musst du vielleicht mal deinen Fahrstil ändern, wenn deine Beifahrer schon ihren Mageninhalt oral entleeren müssen. Ich hole jetzt meine Tasche. Dann fahre ich mit meinem Auto zum Krankenhaus. Du brauchst mich nicht zu fahren. Deinen Wagen kann man ja nicht mehr benutzen!"

Lange sah Hannah Katharina nach, wie sie die Treppe hochging, wieder herunterkam, das Haus ohne ein weiteres Wort verließ und fortfuhr. Am Küchentresen stehend, stützte Hannah sich mit beiden Händen darauf ab und schüttelte ihren Kopf zwischen den Schultern. Hannah rief ihren Mann an und schrie, sobald er sie hören konnte, ins Telefon:

„Ich bringe sie um! Ich bringe die Frau um - ganz einfach - zack und weg!"

„Liebes, was ist passiert? Hat sie noch mehr als nur den BMW ...?"

„Nein - dann wäre sie schon tot! ... Sie sagt, ich solle meinen Fahrstil ändern, dann würden meine Beifahrer auch nicht kotzen!" Hannah hörte, wie Thomas seinen erneuten Lachanfall zu unterdrücken versuchte:

„Liebes, sie kann nichts dafür. Katharina steht unter unglaublichem Druck. Sie musste ihn einfach mal ablassen und du warst leider diejenige, die das abbekommen hat."

Hannah schwieg einen Moment und spürte, wie die Spannung nachließ. Leise sagte sie: „Ja, ich weiß ... ich könnte sie aber trotzdem erwürgen … mein schöner BMW."

„Bring ihn einfach zum Aufbereiter und lass' ihn reinigen. Die trocknen auch alles wieder."

„Okay - hast du einen an der Hand?"

„Der Bruder eines Kollegen ... Ich schick' dir die Nummer. Was ist mit Justus? Wer ist wann im Krankenhaus?"

„Katharina ist schon unterwegs. Die Station hat angerufen. Justus solle nicht allein sein."

„Ich schaue dann gegen Mittag bei ihm vorbei."

Der Vormittag verflog, weil Hannah einige Dinge erledigte und in die Farber Werke gefahren war. Katharina meldete sich nicht bei ihr. Auch nicht, nachdem Thomas bei Justus war. Sie befreiten Justus von einem Teil der Schläuche, weil es ihm besser ging. Hannah staunte, als Thomas ihr das mitteilte. Noch mehr wunderte sie Katharinas Funkstille.

Im Gegensatz zum Trubel im Hause Farber. Einige Freunde der Familie riefen nacheinander an, um von Justus' Genesung zu erfahren. Alle kannten nur eine abgespeckte Version der Wahrheit. So verbog Hannah die aktuelle Realität entsprechend. Sie hasste es, zu lügen, aber durfte Katharina nicht in den Rücken fallen. Alle Anrufe notierte sie und so zog auch der Nachmittag schnell vorüber. Immer wieder schaute Hannah auf ihr Handydisplay. Keine Nachricht von Katharina.

Hannah hielt es nicht mehr länger aus und rief ihren Mann an: „Hallo Schatz, hast du mit Katharina abgesprochen, wann sie aus dem Krankenhaus kommt?"

„Hallo Liebes, nein, sie hat mir nichts gesagt."

„Da stimmt doch was nicht!"

„Eigentlich hatte ich den Eindruck, dass es Justus besser geht, wenn sie gemeinsam Musik hören."

„Mag ja sein, aber warum meldet sie sich den ganzen Tag nicht? Sie hat sich ja schon eine Erkältung eingefangen. Wenn sie heute länger bleibt, braucht sie was zum Anziehen. Die senken doch abends die Temperatur auf der Station weiter ab."

„Warte einfach noch. Sie wird sich schon melden."

„Ich packe einfach eine Tasche mit zwei Bananen, Jacke und Decke. Wenn sie noch länger dort bleiben will, fahre ich in zwei Stunden ins Krankenhaus."

Nachdem sich Katharina auch in den nächsten zwei Stunden nicht meldete, rief Hannah sie an. Ein Freizeichen ertönte, was plötzlich in ein Besetztzeichen wechselte. Katharina hatte den Anruf weggedrückt. Das hatte sie noch nie gemacht. Es musste was passiert sein. Wie ein Feuerwehrmann beim Alarm packte Hannah die bereitgelegten Sachen, verließ das Haus und sprang über mehrere Stufen hinab zu ihrem Leihwagen.

In rekordverdächtiger Zeit erreichte sie den Krankenhausparkplatz. Katharinas Mini Cooper stand auf zwei Parkplätzen. Unter dem Scheibenwischer klemmte eine gelbe Karte. Die übernächste Parkbucht war frei. Mit Seitenstichen und rasendem Puls traf Hannah auf der Etage der Intensivstation ein. Sie sah Katharina auf den Wartebänken vor dem Eingang zur Station sitzen. Schweigend und nach Luft ringend setzte sie sich neben Katharina. Zur Begrüßung streichelte sie kurz Katharinas Oberarm. Nach vorn gebeugt, auf ihre Knie aufgestützt, saß Katharina neben ihr. Sie knüllte ein Taschentuch mit den Fingern beider Hände.

An der Wand gegenüber hing eine Uhr - 20:20 Uhr. Der Sekundenzeiger wanderte - tack - tack - tack - 20:47 Uhr. Hannah beobachtete immer noch die Zeiger, als sie Katharina flüstern hörte: „Justus hat es geschafft. Sie machen ihn gerade fertig - dann darf ich wieder rein."

Im ersten Moment begriff Hannah nicht, bis ein Blitz sie traf und auseinanderriss: „Oh, nein!" Sie schloss die Augen und wollte noch etwas sagen, da hörte sie die Stimme einer Frau: „Sie können wieder zu Ihrem Mann." Sogleich stand Katharina auf und versuchte, Hannahs Hand zu ergreifen, doch diesmal winkte sie ab: „Geh nur, es ist euer letzter Abschied. Dieser Moment gehört nur euch beiden!"

Mit Tränen in den Augen nickte Katharina und ging langsam in Richtung Justus Krankenzimmer. Hannah blieb sitzen, zog ihr Handy aus der Tasche und tippte Thomas' Nummer. Als er sich meldete, sagte sie: „Justus hat es geschafft. Ich bin im Krankenhaus. Katharina ist bei ihm im Zimmer und ich sitze im Flur."

Thomas antwortete leise: „Sehr traurig, aber besser für Justus. Ich habe eine Kerze für ihn angezündet. Kümmere dich um Katharina! Sie braucht dich jetzt mehr als alles andere."

Hannah schniefte in ein Taschentuch und sagte: „Ja … ich gehe jetzt zu ihr ... Justus ist meine erste Leiche … hoffentlich schaffe ich das …" und legte auf.

Durch die Glasfront sah sie Katharina neben ihrem Mann sitzen und seine Hand streicheln. Hannah blieb mit Abstand vor der Tür stehen und wartete darauf, dass Katharina sie bemerkte. Erst als Katharina sie ansah, betrat sie das Krankenzimmer. Justus lag friedlich schlafend da. Alle Schläuche, Pflaster, Kanülen und die Augenbrille waren entfernt worden. Nichts piepte mehr, nichts atmete mehr. Es war einfach nur Stille da - Totenstille. Hannah schämte sich für den Gedanken an das Wort totenstill. Sie versuchte, Katharina nicht anzuschauen und auch Justus nicht anzustarren. Sie stand auf ganz dünnem Eis. Sie betete, dass es nicht brechen und sie untergehen lassen würde. Nicht jetzt und nicht hier!

Eine gefühlte Ewigkeit harrte Hannah am Fußende des Bettes aus. Während Katharina immer noch an Justus Seite saß. Hannah wusste nicht, was sie fühlen oder denken sollte. Sie war einfach eine leere Hülle. Sie hatte alles, was auch nur annähernd emotional reagieren könnte, abgeschaltet. Zack - aus! Sie konzentrierte sich auf ein möglichst normales, aber sehr zurückhaltendes Verhalten. Zack - Verstand auf volle Energie!

Irgendwann stand Katharina auf und Hannah fühlte doch noch, wie sie angestupst wurde. Katharina deutete auf den Ausgang. Hannah nickte. Beide sammelten ihre und Justus Sachen im Zimmer ein. Sie würden diesen Raum nie wieder betreten - müssen.

Beim Hinausgehen drehte sich Katharina noch ein letztes Mal zu ihrem Mann um. Hannah blieb auf Abstand, bis sie die Autos erreichten.

„Wo hast du geparkt?", fragte Katharina.

„Wir stehen davor. Ich habe einen Leihwagen, bis der BMW wieder fahrbar ist." Katharina stieg auf der Beifahrerseite ein.

„Katharina, gib' mir mal bitte deine Tasche." Nichts passierte und so nahm Hannah die Tasche: „Bin sofort wieder da!"

Drei Autos bogen in die Einfahrt zum Farberschen Anwesen ein. Zwei parkten nebeneinander. Das Dritte hielt mit etwas Abstand dahinter. Hannah stieg aus dem Leihwagen aus und lief rüber zum Mini Cooper. Sie nahm von dem Fahrer den Autoschlüssel entgegen, bezahlte ihn und dankte beiden Taxifahrern für ihre Hilfe.

Vorsichtig öffnete Hannah die Autotür, um Katharina die Hand zu reichen. Als Katharina neben dem Golf stand, staunte sie, ihren Mini Cooper zu sehen. Hannah erklärte es ihr und hörte nur: „Manchmal bist du einfach genial. Danke."

Das Haus zu betreten war seltsam. Justus würde nie wieder durch diese Tür kommen. Hannah schluckte und Katharina drückte ihr die Hand, als ob sie denselben Gedanken empfand. Ohne ein weiteres Wort legte sie sich auf die Couch im Wohnzimmer.

Hannah ging in die Küche. Sie brauchte dringend noch einen heißen entkoffeinierten Kaffee. Der Duft von frischem Kaffee lockte Katharina in die Küche und sagte: „Kannst du mir bitte auch einen Kaffee machen?"

Katharina trank ihre Tasse im Stehen, an der Arbeitsplatte lehnend als sie sagte: „Wenn du nicht hier wärst, würde ich mich jetzt endlos betrinken."

Hannah trank einen Schluck und antwortete: „Hmm, ich denke, da bin ich tatsächlich die bessere Alternative". Sie schritt auf Katharina zu und küsste ihre Stirn.

Katharina nippte an ihrem Kaffee, dann sagte sie leise: „Danke".

Nachricht an Thomas: Gute Nacht mein Schatz! Katharina hat sich ins Schlafzimmer zurückgezogen. Sie ist wie gelähmt. Der Schock sitzt tief. Mal sehen, wie die Nacht wird. Bin einfach nur fassungslos ... Kuss H.

Thomas: Erst nach der Beerdigung wird es besser. Solange müsst ihr durchhalten. Gute Nacht!

Kapitel 3

Einen Schritt vor, zwei zurück

Die ersten Vögel zwitscherten, als die Sonne über die östlichen Dächer kroch. Ihr Licht spiegelte sich in den Fensterscheiben in einer eigenartig leuchtenden Farbe. Normalerweise liebte Hannah Sonnenaufgänge. Doch an diesem Morgen war nichts mehr so, wie es einmal gewesen war.

Hannah ballte ihre Fäuste. Justus hatte sich auf die Reise nach Neuseeland gefreut, die Katharina ihm zum 50. Geburtstag geschenkt hatte. Nun blieb es ein unerfüllter Traum - für immer. Bis fünf Uhr morgens hatten wir zusammen gefeiert. Es war laut gewesen! Es war leichtlebig gewesen und ... und zum letzten Mal!

Hannah senkte ihren Kopf und trat gegen einen Kieselstein, der vor ihr auf den Terrassenplatten lag. Justus war weg ... einfach weg! Und wir? Wir müssen jetzt weiterleben, ohne zu wissen wie?

Die taufrische Morgenluft ließ sie frieren. Ausatmen und lange einatmen ... ausatmen ... und lange einatmen, doch es half nichts. Ihre Lunge zog sich zusammen. Alles kribbelte. Sie stemmte ihre Hände in die Hüfte und schaute in den Himmel. Warum nur?

Das Kribbeln verstärkte sich zu einem Zucken. Hannah blies ihren Atem laut durch die Nase und schritt ins Haus zurück. Sie schlich ins Gästezimmer, zog ihre Walkingklamotten an und blickte auf die Uhr - 5:27 Uhr.

Doch wen interessierte es? Sie bekam kaum noch Luft und hoffte, Katharina schliefe noch. Oder zumindest hatte Hannah sie noch nicht gehört. Wenn man nach so einem lebensvernichtenden Abend überhaupt schlafen konnte?

Sie schloss die Haustür von außen leise zu, sprang mit den Stöcken die Marmorstufen herab und bog bald in den Park ab.

Einen Freund auf diese Weise zu verlieren, hatte niemand verdient. Und schon mal gar nicht so! Hannah hämmerte ihre Walkingstöcke in den Boden. Keiner, aber auch gar keiner, kann das verstehen, warum nur? Je länger ihre Gedanken kreisten, desto länger wurden ihre Schritte. Sie rannte nun fast.

Der Park war menschenleer. Nur das Vogelgezwitscher um sie herum. Sie war allein - allein mit sich, ihren Gedanken und ihrer Wut. Erst im letzten Moment sah sie die beiden Rehe, die nebeneinander im taunassen Gras standen und fast im aufsteigenden Dunst verschwanden. Justus wird nie mehr neben Katharina stehen.

Zu sehr rasten ihre Gedanken. Sie setzte einen Fuß vor den anderen, sprang über eine Wurzel und rammte die Walkingstöcke in die feuchte dunkle Erde. Ihr Atem wurde bleischwer und eiskalt. Ihre Lunge schmerzte, genauso wie ihre Schultern.

In der letzten Zeit war Hannah diese Strecke öfters gelaufen. Heute flitzte sie und erreichte das Zuhause bereits nach fünfzig Minuten.

Eigentlich war es nicht ihr Zuhause, sondern das von Justus und Katharina. Seit gestern Abend nur noch das von Katharina. Vorsichtig schloss Hannah die Haustür auf und betrat den Schmerz, die unbegreifliche Irr-Realität der Tatsachen, die nun in diesem Hause lebten. Mit gesenkten Kopf schlich sie auf feuchten Socken die Treppe hinauf und schreckte zurück. Katharina war ihr ins Gästezimmer gefolgt und fragte:

„Wo warst du? Ich warte schon die ganze Zeit auf dich!“

„Ich war walken. Du hast noch geschlafen als ich ging. Hast du meinen Zettel nicht gefunden?“

„Doch. Aber du warst so lange weg …“

Hannah lächelte Katharina traurig an und sagte: „Es war zwanzig Minuten kürzer als sonst. Ich musste mir den Frust rauslaufen. Von mir aus können wir frühstücken?“

„Das kannst du gern tun. Ich habe keinen Hunger!“

„Hast du wenigstens etwas geschlafen? Oder warst du wieder die ganze Nacht wach?“

„Du kannst Fragen stellen …“, stöhnte Katharina und verließ das Schlafzimmer.

Noch lange dachte Hannah an Katharinas matte blaue Augen. Verwaist saß sie am Frühstückstisch und nippte an ihrem Milchkaffee. Vor ihr stand der leere Frühstücksteller. Als sie ihn vom Tisch wegtrug, räumte sie ihn unbenutzt wieder in den Geschirrschrank. Auch ein zweiter Milchkaffee half nichts. Katharina blieb unsichtbar und verkroch sich in ihrem Bett. Hannah horchte immer wieder, aber achtete auch sehr darauf, selber keinen Lärm zu machen.

Gegen zehn Uhr starb auch die Ruhe im Hause Farber - endgültig und für den Rest des gesamten Tages.

Nach Hannahs Meinung gab es drei Arten von Menschen. Die einen riefen grundsätzlich an, um zu erfahren, was Sache sei. Die zweite Sorte rief an, nachdem mehrere Nachrichten unbeantwortet blieben. Die dritte Sorte von Menschen bemerkten Verhaltensänderungen ihrer Freundin und vermuteten eine mögliche Veränderung der Sachlage. Ungefähr in dieser Reihenfolge meldeten sich die Freunde nach und nach bei Katharina. Die abgespeckte Wahrheit der Realität gab es nicht mehr - sie hatte endgültig den Nullpunkt erreicht. So hörte Hannah, wie Katharina nunmehr mit der Wahrheit rausrücken musste. Immer wieder sagte sie Sätze wie:

„Guten Morgen Cäcilia, ja leider, keine guten Neuigkeiten. Justus ist gestern verstorben!“

„Ja, aber gestern ging es ihm schon schlecht.“

„Wie soll es mir gehen?“

„Das weiß ich noch nicht. Ich habe mit dem Beerdigungsinstitut noch nicht gesprochen!“

„Danke, das ist nett. Aber Hannah ist hier und ich muss mich noch um einiges kümmern.“

„Ja, mache ich.“

„Ja, das ist lieb von euch. Bis übermorgen!“

So oder ähnlich liefen alle Telefonate ab, die Hannah mitbekam. Immer mehr Freunde meldeten sich an diesem Tag. Auch Freunde, die bisher ahnungslos waren. Nach dem ersten Schock und der anschließenden Fassungslosigkeit verliefen die Gespräche ebenfalls gleich. „Doch, ich wünschte, es wäre nicht so“ sagte Katharina, oder „Sein fünfzigster, die Feier war doch erst vor drei Monaten.“

Katharina sank immer mehr in sich zusammen. Je öfter sie die Geschichte erzählte, desto gekrümmter lief sie anschließend umher. Kurzerhand suchte Hannah die Telefondose und zog am Kabel. Es gab jetzt nichts mehr, was nicht auch zwei oder drei Stunden warten konnte. Doch diese neue Ruhe währte nur kurze Zeit.

Das Gerücht von Justus' Tod griff um sich, wie ein Tornado. Freunde kamen persönlich vorbei, um Katharina zu unterstützen. So rauschte die zweite Welle heran und die Freunde gaben sich die Türklinke gegenseitig in die Hände.

Manche wurden still, andere gnadenlos optimistisch. Hannah hörte Sätze wie „das Leben geht weiter, wirst sehen". Der Höhepunkt war einer, der Katharina zum Lachen bringen wollte und einen Scherz nach dem anderen raushaute. Hannah hätte ihn liebend gern auch raus gehauen.

Immer wieder von neuem erzählte Katharina Justus' Krankengeschichte. Mit jedem Male wurde ihre Stimme schwächer, ihre Schultern gekrümmter und ihr Gesicht blasser. Hannah beobachtete Katharina, die immer mehr zusammenbrach. Wie gern hätte Hannah ihrer Freundin den Wunsch erfüllt, einfach nicht im Hier und Jetzt zu sein. Wahrscheinlich wünschte sie sich, sie müsste gleich nur die Augen aufmachen, erwachen und Justus würde schnarchend neben ihr liegen. Doch das Schellen an der Haustür holte Hannah aus ihren Gedanken.

Sie ging zur Tür und sah ihren Mann vor sich stehen. Noch nie war sie so dankbar in seine Umarmung gefallen. Hannah zog ihren Mann an der Hand in den

Garten zum Strandkorb. Sie kuschelte sich an ihn und sie schwiegen. Sie wusste, er verstand sie auch so.

Die Abenddämmerung kündigte das Ende des ersten Tages ohne Justus Farber an. Hannah winkte ihrem Ehemann mit gesenktem Kinn nach. Als sie die Rosenholz-Haustür schloss, merkte sie erst, wie still es im Haus war. Sofort horchte sie nach Katharina.

Unsicher, ob sie nun leise sein oder mit etwas mehr Lärm auf sich aufmerksam machen sollte, entschied sie sich dafür, lautlos durch das Haus zu laufen. Sie schlich die Treppe hinauf, um leise an Katharinas Schlafzimmertür zu klopfen. Katharina schluchzte und Hannah ging vorsichtig ins Schlafzimmer. Weinend und wie eine Schnecke in ihrem Haus zusammengerollt, lag sie auf ihrem Bett. Langsam setzte sich Hannah zu ihr. Streichelte behutsam Katharinas Unterarm, die ihn abrupt wegzog und sagte: „Lass' mich bitte allein."

Nachricht an Thomas:

Katharina ist im freien Fall - ohne Halt und Bremse. Mal sehen, wie die Nacht wird? Gute Nacht, vermisse dich sehr. Kuss H.

Thomas: Sie kann nicht so tief fallen, du fängst sie dann auf. Schlaf gut …

Die Nacht empfand Hannah als unendlich lang. Sie blieb hellwach, weil sie sich Gedanken um Katharina machte. Mitten in der Nacht saß Hannah mit ihrer Tasse Pfefferminztee am Küchentisch, als sie ein schleifendes Geräusch auf sich zukommen hörte.

Katharina schlich durchs Haus. In die Küche, raus ins Wohnzimmer, wieder zurück in die Küche. Plötzlich blieb sie vor dem Kühlschrank stehen und nahm Milch heraus, um sie in einen Topf zu gießen. Anschließend begann Katharina diverse Schranktüren zu öffnen, schaute hinein, schloss sie und öffnete die nächste. Als sie am Ende der Schrankreihe angekommen war, begann sie mit dem Spiel von vorn. Hannah, die immer noch am Tisch saß, beobachtete Katharina, wie sie aufgab und eine Tasse von der Spüle wegnahm. Auf dem Weg zurück zum Herd hielt Katharina inne, sah zu Hannah hinüber und sagte: „Hannah! Es ist halb zwei. Was machst du hier? Geh schlafen!"

„Alles okay mit dir?"

Katharina drehte sich zu Hannah und ihre Nasenflügel flatterten. Sie starrte Hannah an. Hannah hob die Hände und sagte:

„Ist ja schon gut. Du weißt, wie ich das meine! Ist alles unter diesen Umständen okay mit dir? Besser so?"

Doch Katharina schwieg und rührte die Milch im Topf. Ihr Gesicht hatte fast dieselbe Farbe wie die Milch. „Möchtest du auch eine Tasse heiße Milch? Es ist bestimmt noch eine halbe Tasse übrig. Nur den Honig kann ich nicht finden. Es ist wohl keiner mehr da …", sagte Katharina.

Hannah rutschte von ihrem Stuhl, nahm eine Tasse aus dem Schrank und auf dem Rückweg noch den Honig von der Arbeitsplatte. Sie hörte Katharina brummen, als sie den Honig in ihre Tasse tröpfelte, aber ansonsten schwiegen sie. Hannah trank ihre Milch und sie spürte, wie sich ihr Gesicht entspannte. Ein Zug voller Wärme fuhr von ihrem Magen durch alle Körperteile und hinterließ eine Spur der Ruhe, der Entspannung und Wärme. Hannah fühlte sich wieder besser, auch weil Katharina bei ihr war. Die leerte ihre Tasse ruckzuck aus und verließ die Küche, während sie über die Schulter zu Hannah sagte: „Versuch' jetzt bitte auch was zu schlafen!"

Etwa zwei Stunden später schlurfte Hannah in die Küche. Diesmal schüttete sich Katharina stilles Wasser in ein Glas. Hannah griff nach der anderen Sprudelwasserflasche. Ihre Haare standen in alle Himmelsrichtungen ab. „Hannah! Geh wieder ins Bett!", sagte Katharina.

„Ich kann nicht schlafen, wenn ich mir Sorgen um dich mache!", antwortete Hannah müde.

„Ich nehme eine Schlaftablette und versuche irgendwie zu schlafen."

„Du kannst auch gern ..."

„Nein! ... Ich möchte allein sein und nicht mehr reden."

Um kurz nach fünf gab Hannah den Kampf mit der Unruhe, den Gedanken und den Kopfschmerzen auf. Sie schlich mit ihren Walking-Klamotten ins Wohnzimmer. Dort schrieb sie den Zettel für Katharina und verließ das Haus:

Bin walken und gegen 6:30 Uhr wieder zurück.
Hannah

Junge unverbrauchte Morgenluft schlug Hannah vor der Haustür entgegen. Sie setzte eine Sonnenbrille auf, da ihre Migräne kein Tageslicht akzeptieren wollte. Taufrische Luft, der Duft von feuchten Wiesen und lautes Vogelgezwitscher ließen Hannah ruhiger atmen. Mit jedem Schritt fühlte sie sich besser. Mit jedem Schritt erwachten ihre Beine immer mehr. Sie lief schneller. Ihre Gedanken verbündeten sich mit ihrer Umgebung. Kein Justus, keine Katharina, nur noch Vogelgezwitscher, Morgentau, Frieden und Freiheit. Auf ihrer Runde begegnete sie heute dem Förster, der sie lachend grüßte. Ansonsten alles menschenleer. Jeder Atemzug machte sie fröhlicher. Sie fühlte sich gut.

Katharinas Haus lag bereits nach einer knappen Stunde wieder vor ihr. Sie wünschte, diese innere Zufriedenheit könnte ewig anhalten, und schloss leise die Haustür auf. Als sie ihren Fuß auf die erste Treppenstufe setzte, hörte sie Katharina aus dem Esszimmer rufen: „Ah, da bist du ja. Kannst du bitte duschen gehen! Ich möchte in die Dampfsauna."

Hannah rief in Richtung Esszimmer: „Okay, darf ich vorher noch schnell was trinken oder muss es sofort sein?"

Im Spiegelbild der Fensterscheiben sah Hannah Katharinas Lächeln, die bereits am Frühstückstisch saß. Vor ihr lag die Tageszeitung, die jeden Morgen im Briefkasten steckte.

Das warme Wasser rann Hannah über die Haut. Es fühlte sich wie eine Umarmung an. Sie dachte an Thomas und seufzte. Das warme Wasser war wunderbar, so wie am Meer, ein einsamer Strand, die Wellen prallten mit lautem Getöse auf den Strand. Hannah schmeckte das Salz des Meerwassers, bis sie hörte, wie Katharina ins Badezimmer kam und fragte: „Hannah, bist du fertig?"

„Jaha, sofort", rief sie und öffnete die Duschtüren, „was ist los?"

„Nichts, ich möchte in die Dampfsauna", sagte Katharina und hielt ihr einen Bademantel hin. Hannah nickte, trocknete sich schnell ab und zog den Bademantel an. Katharina starrte durch sie hindurch. Hannahs Lächeln sah sie nicht. Hannah schluckte, schritt auf sie zu und streichelte sie an der Schulter. Im selben Moment bebte Katharinas Kinn. Tränen liefen ihr über die Wangen. Hannah konnte nicht anders. Sie zog Katharina zu sich, umarmte sie, streichelte ihren Rücken und küsste ihren Kopf. Katharina schüttelte sich und schluchzte heftig. Sie presste sich in Hannahs schützende Umarmung.

Auch Hannah kämpfte mit den Tränen, als sie sagte: „Es wird alles gut werden! Vertrau' mir!"

„Ich kann nicht mehr!" Katharina heulte jedes Wort heraus.

„Ich weiß … wir schaffen das … gemeinsam!"

Katharina schluchzte und schüttelte sich weiter. Hannah zog Katharina fester an sich und streichelte sie.

Irgendwann beruhigte sich Katharina wieder, atmete langsamer, wischte sich die Tränen aus dem Gesicht und suchte Taschentücher. „Danke", sagte sie mit rauer Stimme, kam auf Hannah zu und küsste sie kurz auf die Wange, „Danke, dass du hier bist."

Hannah lächelte nickend und sagte: „Versuch' etwas in der Sauna zu entspannen! Das wird dir guttun! Ich bin da, wenn du mich brauchst!"

Nachricht an Thomas: Guten Morgen mein Schatz! Könnte heute etwas Trost mit viel Liebe vertragen … H.

Thomas antwortete gut eine Stunde später: Guten Morgen, wie soll das gehen? Kommst du vorbei?

Hannah las die Antwort und blinzelte, schluckte und schrieb zurück: Katharina hat mich schon umarmt. Muss reichen.

Der restliche Vormittag blieb verdächtig ruhig. Keine Anrufe. Keine Besuche. Keine Postsendungen. Hannah war sehr dankbar dafür. Zur Mittagszeit horchte sie an der Tür des Gästebads. Aber außer dem Knacken der Sauna hörte sie nichts. Sie schaute auch in Katharinas Schlafzimmer. Die Tür stand offen und es war leer. Ihr knurrender Magen erinnerte sie daran, etwas zu kochen. In der Küche fand sie die Zutaten für eine Bolognese sowie Nudeln in allen Variationen. Gerade als sie heulend Zwiebeln hackte, hörte Hannah Schritte auf der Treppe.

Als die Schritte näherkamen und nah genug waren, drehte sie sich zu Katharina: „Kann ich dich für Spaghetti mit frisch gekochter Bolognese begeistern?" Sie sah ein zustimmendes Nicken und kämpfte weiter mit den tränentreibenden Zwiebeln. Hannah versuchte die Tränen, mit dem Unterarm wegzuwischen, und sagte: „Thomas hat unsere Reservierung für die Fähren storniert. Wir fahren nächstes Jahr nach Schottland. Stattdessen hat er für zwei Monate ein Haus an der holländischen Nordseeküste gemietet."

„Aber doch nicht wegen mir …?", sagte Katharina.

„Nein … aus vielerlei Gründen. Zum einen möchte Thomas bei der Beerdigung von Justus dabei sein. Zum anderen, wie soll ich in Ruhe in Urlaub fahren und entspannen, wenn es dir so schlecht geht?"

„Der Termin für die Beerdigung steht doch noch gar nicht fest."

„Gewisse Prozesse brauchen nun mal ihre Zeit. Und es läuft bei verschiedenen Szenarien immer wieder auf die mittlere Woche unseres Urlaubes hinaus. Deshalb haben wir ihn storniert."

„Ich möchte morgen erst einen Termin mit dem Beerdigungsinstitut vereinbaren. Ich brauche heute noch Zeit für mich."

„Nimm' dir so viel Zeit, wie du brauchst! Ich bin hier, wenn etwas ist!"

Hannah sah, wie Katharinas Augen wieder feucht wurden, aber diesmal lachte sie.

Am Abend telefonierte Hannah mit ihrem Mann und sagte ihm: „Wir waren nach dem Mittagessen spazieren. Es hat gut getan, aber es war auch anstrengend. Wir mussten ein paar Mal anhalten, weil Katharina in meiner Umarmung sehr viel geweint hat."

„Die Tränen müssen raus. Das wird schon ...", sagte er.

„Ja, ich weiß. Ich bin ja froh, dass sie heute eine gute Portion Spaghetti Bolognese gegessen hat. Mehr als in den letzten Tagen."

„Ein erster Schritt in bessere Zeiten."

„Na ja, Frau Henseler hat eben angerufen und uns mitgeteilt, dass die Belegschaft unruhig wird und wissen will, wie es weitergeht. Der Betriebsrat will Informationen zur Beerdigung ... wegen den Trauerkränzen, den Trauerreden und und und. Viele offene Fragen. Katharina will an das Thema nicht ran."

Thomas seufzte und sagte: „Ich kann beide Seiten verstehen. Die Belegschaft hat Existenzängste, genauso wie Katharina. Lass‘ ihr Zeit ... “

„Moment bitte“, sagte Hannah, schwieg für einen längeren Moment und lauschte auf Katharinas Stimme, die aus dem Wohnzimmer herüberklang. „Die Zeit, die wir brauchen, haben wir langsam nicht mehr. Irgendwer von der Zeitung telefoniert gerade mit Katharina! Wir müssen liefern, ob wir können oder nicht. Das ist die Krux.“

„Liebes, du machst das schon!“

„Wir sollten Schluss machen. Irgendwas stimmt mit Katharina nicht. Bis später!“

Nachricht an Thomas:

Bin endlich im Bett, Horror-Abend hinter uns. Bist du noch wach?

Hannahs iPhone klingelte und Thomas‘ Bild erschien auf dem Display.

„Hey, du bist auch noch wach?“, fragte Hannah.

„Liebes, es ist 1:06 Uhr. Da schlafe ich gewöhnlich. Aber für dich mache ich eine Ausnahme. Was ist los?“, fragte Thomas.

„Einige Freunde haben heute angerufen. Tausendmal hat Katharina die Leidensgeschichte der letzten Wochen runtergeleiert und es jedes Mal mit Fassung ertragen. Aber danach zieht sie sich noch mehr in ihr Schneckenhaus zurück.“

Thomas seufzte und sagte: „Es hilft ihr vielleicht, das alles zu verarbeiten? Bei mir verblassen die Krankenhaus-Bilder schon wieder.“

„Na ja, abends sehe ich wieder das Bild von Justus – das letzte Bild, wenn du verstehst, was ich meine. Bisher habe ich es geschafft, es immer wieder kurz zu verdrängen und einzuschlafen … aber irgendwie ist mir unwohl dabei."

„Ja, wir werden wohl alle etwas Zeit brauchen …"

„Morgen sind wir zum Frühstück bei Justus' Freunden eingeladen. Mal sehen, ob Katharina das schafft?"

„Es tut ihr gut. Ablenkung hilft. Versuch' du nun zu schlafen."

„Okay, gute Nacht!", sagte Hannah und hauchte noch einen Kuss in den Hörer und legte auf.

Am nächsten Morgen entdeckte Hannah bereits die erste Nachricht von Thomas:

Guten Morgen, war um 6:40 wach. Dachte mir, dass dies zu früh ist. Bin dann noch einmal eingeschlafen und stehe jetzt auf.

Hannah: Wach, viel geschwitzt, Katharina ist in der Nacht von ihrem Bett zu mir ins Bett gewechselt. Kann wieder etwas mehr Nähe ertragen und hat prompt heute Morgen geweint. Und das ist gut so. Einfach raus lassen. Sind gleich beim Frühstück. Versuche heute mal ein paar Stunden zu kommen. Vermisse dich! Nutze dein Duschgel, damit ich dich wenigstens rieche :-)

Nachricht an Thomas:

Sind vom Frühstück zurück, Katharina bricht gerade zusammen. Kreislauf, weint heftig. Kann nicht kommen, schade! H.

Tag 3 nach Justus

Die Sonne startete in den Tag hinein. Fasziniert betrachtete Hannah den Wechsel von Licht- und Schattenfeldern, die die Sonne kunstvoll gestaltete. Hannah stand mit ihrer ersten Tasse Kaffee des Tages am Fenster und wartete auf die Schubwirkung des Koffeins.

Ihre Beine fühlten sich wie Betonklötze an. Die Tasse in ihrer Hand vibrierte leicht, weil Hannah einfach nur schlapp war. Katharina hatte bei ihr geschlafen. Entweder war sie unruhig gewesen, hatte geschnarcht oder geweint. Alle drei Zustände hatten bei Hannah Wachphasen verursacht, die ineinander übergingen.

Hannah hatte letzte Nacht immer wieder ihren Arm um Katharina gelegt, sie zu sich gezogen und gestreichelt, bis sie einschlief. Was dann in ein sägendes, und hin und wieder stoppendes, Schnarchen überging. Jedes Mal erwachte Hannah von Katharinas Atemaussetzern. Jedes Mal, kurz bevor sie sie aufwecken wollte, atmete Katharina wieder und schlief weiter. Im Gegensatz zu Hannah - ihr Puls überschlug sich und es dauerte ewig, bis sie danach einschlafen konnte.

Nachricht an Thomas:

Guten Morgen, Liebe meines Lebens, heute wird ein anstrengender stressiger Tag. Wird viel Kraft und Nerven kosten. Kann jetzt schon nicht mehr. Frohes Schaffen, Kuss H.

Antwort von Thomas:

Das schafft ihr schon. Hier gibt es immer eine Tasse Kaffee/Tee, wenn ihr beide Ruhe braucht.

Hannah:

Mal sehen, nach dem Termin mit dem Beerdigungsinstitut will Katharina zu ihrer Freundin Bella. Ich soll zu dir fahren. Sie hat es angeordnet. Katharina wird vermutlich bei Bella übernachten.

Thomas:

Fände ich schön, dich mal etwas länger zu sehen. Freue mich, Kuss.

Die Sonne begrüßte Hannah aus dem Westen, als sie mit ihrem BMW M6 Cabrio in die Straße einbog, in der ihr Zuhause war. Die friedlich wie immer vor ihr lag und nur von ihr befahren werden wollte. Keinerlei Katastrophen erwarteten sie. Keine dunklen Wolken hingen über ihrem Zuhause. Die Sonne lachte, als wenn sie sich freute, Hannah mal wieder zu Hause zu sehen. Thomas kam ihr schon vor dem Haus entgegengelaufen und zog sie regelrecht aus dem Cabrio in seine Umarmung. Hannah schnupperte den vertrauten Duft von Thomas, kuschelte sich tiefer in seine Arme und küsste ihn auf den Hals.

In der Küche brutzelten Schnitzel in der Pfanne. Auf dem Tisch entdeckte Hannah den selbstgemachten Kartoffelsalat von Thomas und sagte: „Hm, das riecht lecker Schatz!"

„Ich dachte, ich verwöhne dich was ... damit du vielleicht wieder öfter nach Hause kommst.", sagte Thomas.

„Das ist jetzt nicht der richtige Zeitpunkt, darüber zu streiten."

„Entschuldige bitte. Wie war das Gespräch mit dem Bestatter?"

„Anders als ich es mir gewünscht hätte ...", sagte Hannah und stibitzte eine Kartoffel aus dem Kartoffelsalat, „Katharina ist kurz vor dem Termin wieder zusammengebrochen. Sie weigerte sich und wollte den Termin schon absagen. Erst als ich nach langem Hin und Her versprach, dabei zu sein, willigte sie ein. Der Typ war neu im Unternehmen und eine mittlere Katastrophe. Er war nicht vorbereitet, hatte stellenweise absolut keine Ahnung. Hoffentlich steigert der sich noch, sonst wird das das nächste Desaster!" Hannah legte Servietten auf den Tisch und holte Gläser. Thomas brachte das Besteck und fragte:

„Oje, was für Katastrophen denn noch?"

„Die ersten Krankenhausrechnungen sind gekommen. 47.000 Euro grob geschätzt. Katharina ist fast in Ohnmacht gefallen."

„Intensivbetreuung hat nun mal ihren Preis, aber so viel hätte ich jetzt auch nicht gedacht. Schon heftig!"

„Die Belegschaft macht Stress. Termine mit Notar, Steuerberater und so weiter stehen an und Katharina hat Panik."

„Sie ist Autorin und keine Wirtschaftsprüferin."

„Der Journalist, mit dem Katharina telefoniert hat, kommt am Freitag vorbei."

„Den Umgang mit Journalisten hat sie hoffentlich gelernt."

„Wir werden sehen. Es wird schon alles werden ... irgendwie."

„Ja, das schafft ihr schon! So, Liebes, bitte mir und den vollen Tellern folgen!"

Nach dem Essen war Hannah fix und fertig. Ihr Bauch drohte zu platzen. Sie hatte eindeutig zu viel gegessen. Was musste Thomas auch wieder so lecker kochen! Sie schleppte sich zur Couch. Thomas kuschelte sich zu ihr. Es regnete. Donnergrollen in der Ferne kündigte ein Gewitter an. Hannah hörte den gleichmäßigen und so vertrauten Herzschlag von Thomas, spürte seine warme Haut und atmete seinen entspannenden Duft ein. Den Kampf gegen ihre tiefe Erschöpfung verlor sie sofort.

Am nächsten Morgen lagen sie immer noch auf der Couch. Hannah lächelte ihren Mann an und küsste ihn. Sie wollte nicht aufstehen, noch nicht. Ihr Handy klingelte und sie hörte es bereits am Klingelton: Es war Katharina. Hannah schubste Thomas weg und sprang von der Couch auf. Sie schnappte sich ihr Handy und sagte:

„Hallo Katharina, alles okay?"

„Ehm, ja ja, alles okay. Ich finde meine Brille nicht und wo sind die Krankenhaus-Rechnungen. Ich wollte das überweisen."

„Katharina! Es ist früh am Morgen! Wir können auch nachher noch die Überweisung fertig machen. Das macht keinen Unterschied."

„Ich will das jetzt hinter mich bringen. Wo hast du meine Brille hingelegt?"

„Brille? Ehm, hast du sie vielleicht bei Bella liegen gelassen? Und wieso bist du schon wieder zu Hause?"

„Bella war nicht gut drauf. Da bin ich lieber gefahren."

„Du solltest momentan kein Auto fahren. Dafür geht es dir nicht gut genug!"

„Ich bin alt genug, das selber zu entscheiden. Ich muss jetzt die Überweisung fertig machen!"

„Nein, das machst du nicht - und schon mal gar nicht ohne deine Brille! Wir haben schon genug Katastrophen, ohne dass du auch noch welche produzierst. Die Überweisung machen wir gleich zusammen, wenn wir deine Brille gefunden haben. Ich mache mich fertig und dann komme ich zu dir.“ Hannah hörte nur ein Plopp und starrte kopfschüttelnd auf das Display. Sie folgte Thomas in die Küche, der Tee aufschüttete und fragte:

„Trinkst du noch einen Kaffee oder fährst du sofort los?“

„Sie hat aufgelegt ... einfach aufgelegt! Und wollte wissen, wo ich ihre Brille hingelegt hätte. Ich war doch gar nicht da ...“

„So ist sie eben. Du bist natürlich an allem schuld.“

„Danke, darauf kann ich gern verzichten.“

„Denk' an deine Wechselwäsche!“

„Ja, Katharina hat mir schon angeboten, bei ihr zu waschen, aber das will ich nicht. Es reicht schon, dass ich quasi bei ihr wohne und aus dem Koffer lebe. Ich muss nicht ganz einziehen.“

„Noch ein paar Tage, dann ist das alles vorbei!“

„Hoffentlich ... hoffentlich“, seufzte Hannah und stemmte dabei ihre Hände in die Hüften.

Mit einem flauen Gefühl in der Bauchgegend fuhr Hannah in die Einfahrt zum Farberschen Anwesen. Die Haustür war bereits offen und so konnte sie vollbepackt ihre Klamotten ins Haus tragen. Die Haustür war geöffnet, aber Hannah sah Katharina nirgendwo. Schließlich fand sie sie im Keller. Sie trug heute eine schwarze Hose und ein Hemd mit aufgekrempelten Ärmeln. Am Türrahmen stoppte Hannah, beobachtete, wie Katharina Umzugskisten zusammensteckte, und sagte:

„Hi, was machst du?“

Katharina sagte: „Ich räume auf.“

„Aha und wie ich sehe, hast du deine Brille dabei gefunden?“

„Nein, die lag auf dem Tisch neben deinem Bett.“

„Du bist schon ohne Brille zu Bella gefahren?“

„Nein, natürlich nicht. Ohne Brille kann ich kein Auto fahren.“

Hannah schmunzelte: „Dann hast du hoffentlich gut in meinem Bett geschlafen.“

Katharina vermied es, sie anzusehen, und fragte „Wie geht es Thomas?“

„Dem geht es soweit gut. Er lässt dich ganz lieb grüßen und du sollst mir nicht so viele graue Haare machen, hat er gesagt.“

Katharina sah Hannah mit verdrehten Augen und runtergezogenen Lippen an. Bei der Grimasse musste Hannah herzlich lachen. Sofort schaute Katharina mit gesenktem Kinn über ihren Brillenrand zu Hannah.

Den restlichen Vormittag wuselte Katharina im Haus umher und Hannah half ihr, Kisten zu schleppen und zu stapeln. Mittags bestellte Hannah beim Pizzaservice Essen. Nach dem Essen verabschiedete sich Katharina aufs Sofa. Heimlich zog Hannah die Telefonstecker, stellte die Handys auf Vibrationsalarm um und schaltete auch die Haustürklingel aus.

Nachricht an Thomas:

Katharina ist total neben der Kappe. Hat sich wohl mit Bella gestritten - sagt aber nichts. Sucht dauernd alles

… und findet nix … wird ein heißer Tag heute. Schläft jetzt. Hoffentlich danach besser. Kuss H.

Antwort von Thomas:

Sie ist alt genug, um zu wissen, wie sie mit Freunden umgeht.

Hannah:

Das glaube ich nicht. Sie merkt es nicht. Sie maßregelt mich ja auch wie ein Kind. Erinnere mich bitte daran, dass ich noch Trauerklamotten für die Beerdigung kaufen muss. Sonst bekomme ich wieder einen Rüffel von ihr. Kuss H.

Der Kalender prophezeite Hannah einen Horrortag. Treffen mit dem Bestatter auf dem Friedhof und in den Räumlichkeiten für die Trauerfeier standen an. Gott sei Dank musste sie Katharina nur chauffieren und immer wieder aufbauen, damit sie den nächsten Termin durchstand. Wenn sie die Treffen durchdacht vorbereiten, würde Katharina es schon irgendwie hinkriegen.

Nachricht an Thomas:

Wir arbeiten noch immer … sie hört einfach nicht auf! Ich will endlich ins Bett. Kuss H.

Thomas:

Ja, was soll einer da sagen … Schlimmer als du, dass es das noch gibt!

Hannah:

Danke! Genau das, was mir jetzt noch gefehlt hat!

Bei dem Blick in den Kalender hatte Hannah vergessen, dass der Tag um Mitternacht begann. Dann hätte sie die Prophezeiung richtig verstanden: als sehr langen Horrortag. Katharina lief immer wieder durch das Haus. Hannah lauschte und sorgte sich. So summierte sich auch ihr Schlafdefizit auf und übertraf mittlerweile alles, was sie in ihrem bisherigen Leben erlebt hatte. Aber Hannah schwor sich, nicht klein beizugeben. Sie würde diese Hölle als Sieger verlassen - gemeinsam mit Katharina - Seite an Seite.

Als der Bestatter am Freitagmorgen zum Termin kam, wollte Hannah zum Einkaufen fahren. Doch Katharina hielt sie davon ab. Hannah sollte bei dem Gespräch dabei sein.

Katharina fragte Hannah um Rat, welche Urne zu Justus passte. Auf dem Friedhof zeigte ihnen der Bestatter drei verschiedene freie Grabstellen. Dann sagte er, er müsse dringend telefonieren und Katharina könne in Ruhe die passende Stelle aussuchen.

Hannah schaute ihm noch hinterher, als sie im Augenwinkel Katharina hin und her schwanken sah. Ihre Knie knickten ein. Sofort griff Hannah um Katharinas Hüfte und zog sie wieder hoch. Doch Katharina fühlte sich bleischwer an. Hannah schwitzte bereits, aber versuchte sie festzuhalten, griff noch einmal fester nach und zog Katharina zu sich ran. Hannah stand mit nach hinten gebeugtem Oberkörper mitten auf dem Friedhof und Katharina lag fast auf ihr. Jetzt begannen Hannahs Knie unter der Last zu zittern und Hannah flehte: „Katharina! Jetzt lass' dich nicht so hängen! Katharina!“

Plötzlich griff jemand Katharina an den Schultern und sagte: „Kommen Sie, da ist eine Bank. Setzen Sie sich!" Hannah erkannte den Mitarbeiter des Bestattungshauses und lächelte ihn kurz an. Er nickte Hannah zu. Sie nahmen Katharina in die Mitte und führten sie zu der Bank, die nur ein paar Schritte von ihnen entfernt stand. Hannah atmete laut aus und ließ ihren Kopf für einen Moment zwischen ihren Schultern hängen. Ihre Stirn war nass vor Schweißperlen. Einige Tropfen liefen ihr bereits ins Auge. Ihr Mund glich eher einer Wüste. Katharina war kreidebleich und verdrehte immer noch die Augen. Hannah hielt sie weiter fest.

Der Bestatter kam mit einer kleinen Flasche Sprudelwasser zurück und sagte: „Frau Farber, trinken Sie was, dann geht es Ihnen besser." Hannah sah, dass Katharinas zitternde Hand die Flasche nicht halten konnte, und schob ihre Hand darunter. Katharina trank ein paar Schlucke und umklammerte Hannahs Hand. Nach ein paar Minuten fing Katharina sich wieder.

So gingen sie von Grabstelle zu Grabstelle. Hannah bewerte jede einzelne Stelle danach, wie sich die Umgebung in den nächsten Jahren verändern würde. Sie suchte nach Vor- und Nachteilen. Eine Grabstelle lag an einer frisch gepflanzten Baumreihe. Hannah wies auf das zu erwartende Wachstum und Laubvolumen auf dem Grab hin. Die andere Grabstelle lag sehr nah bei den Grünabfall-Containern. Hannah überlegte, was passieren würde, wenn frische Gräber mit ihren vielen Trauerkränzen abgeräumt wurden und diese sich an den Containern bis in die Grabreihen stapelten. Katharina entschied sich für eine Grabstelle, die etwas abseits lag. Der Bestatter lobte ihre Entscheidung und trug sie in seine Liste ein.

Erst beim Einsteigen in den BMW konnte sich Hannah von Katharinas Hand lösen. Sie hatte sich an Hannah die ganze Zeit über festgehalten. Nun fuhren zur sie nächsten Station - einem Saal für die Trauerfeier. Katharina lag mehr auf dem Beifahrersitz, als sie saß. Hannah spürte ihre Hand an ihrer Hüfte. Katharina suchte immer noch nach Halt. Dabei schien an diesem Horrortag die Sonne. Es duftete nach Blumen und die Vögel zwitscherten.

So gern hätte Hannah ihr Cabrio-Verdeck eingefahren, aber ihre Freundin kränkelte seit Tagen. Und neuerdings klagte sie auch noch über Magenkrämpfe. Also ließ Hannah das Verdeck zu. Kaum zehn Fahrminuten entfernt, erreichten sie die erste Station. Hannah lenkte ihren BMW durch einen Torbogen in ein Rittergut hinein und rutschte beim Bremsen leicht über das Kopfsteinpflaster im Innenhof.

Durch einen kleineren Torbogen ging Hannah mit Katharina an der Hand in den zweiten Innenhof. Über eine schmale Treppe betraten sie einen Rittersaal. Hannah sah zur Decke, zu den riesigen Fenstern und den Gemälden an den Wänden gegenüber. Sie spürte, wie Katharina sich von ihr löste.

So konnte sie die Fenster genauer ansehen. Sie merkte, dass ihr Mund offenstand, und starrte auf die Sonnenstrahlen, die durch die kleinen Mosaike in allen Farben den Raum durchströmten. Dieser Raum hatte etwas Magisches. Sie blickte zu Katharina, die ihre Hände auf dem Kopf faltete und lächelte. Ihr kullerte eine Träne über die Wange. Als Hannah ihr liebevoll die

Schulter streichelte, neigte Katharina ihren Kopf, bis er Hannahs Hand berührte. Dieser Rittersaal hätte Justus gefallen.

Sie klärten mit dem Bestatter die Bestuhlung und diskutieren weitere Details. Der Bestatter schlug vor, Justus im offenen Sarg aufzubahren, zeigte auf den möglichen Laufweg der Trauernden. Hannah dachte daran, wie Justus wohl im Sarg aussehen würde, und merkte, wie ihr übel wurde. Im gleichen Moment spürte sie Katharinas Hand, die ihre drückte und Katharina sagte: „Nein, ich möchte keine Aufbahrung. Die Trauerfeier muss reichen." Mit geschlossenen Augen atmete Hannah laut aus und als sie die Augen öffnete, nickte Katharina ihr zu.

Auf dem Weg nach Hause hielt Hannah sich am Lenkrad fest. Sie brauchte etwas Halt nach all den anstrengenden Entscheidungen. Katharina lag mit geschlossenen Augen neben ihr auf dem Beifahrersitz. Zuhause verkroch sie sich auf die Couch und zappte die Fernsehprogramme durch. Noch bevor Hannah ihr einen Kaffee anbieten konnte, war sie eingeschlafen.

Hannah trank ein Glas kalte Milch, zog sich ihre Walkingklamotten an und verließ, nach dem üblichen Zettel, leise das Haus.

Mit wippenden Schritten kehrte sie, nach etwas mehr als einer Stunde, wieder zurück. Nass, leicht außer Atem, aber lächelnd, schloss sie die Haustür auf. Sie hörte Stimmen, von einem unbekannten Mann und Katharina, die schrie: „Sie können doch gar nicht beurteilen, was ich im Moment durchmache! Was fällt Ihnen ein, so mit mir zu reden!“ Hannah rannte los in Richtung der beiden Stimmen.

Durch den Durchgangsbogen zum Esszimmer sah sie, wie Katharina ihr mit Rotwein gefülltes Glas in Richtung des Mannes schüttete. Der zog schnell sein Handy weg, das er Katharina entgegenhielt. Hannah stoppte abrupt und fragte: „Was ist denn hier los?“

Der Mann versuchte sich, den Rotwein aus dem Gesicht zu wischen und sagte: „Das … das ist eine Unverschämtheit. Das …“ Hannah lächelte den Mann freundlich an, während sie sagte:

„… Das ist Rotwein. Anscheinend zu billig zum Trinken. Dann kann man ihn nur wegschütten.“ Der Mann schaute von seinen Flecken zu Hannah, dann zu Katharina, die mit zusammengekniffenen Augen grinste. Als sie Hannahs Blick bemerkte, verschwand ihr Grinsen sofort.

„Na los, ziehen Sie die Klamotten aus. Salz drauf und die Flecken sind quasi weg“, sagte Hannah, die ihm ihre Hand entgegenhielt. Auf dem Tisch sah sie eine Tageszeitung, eine Ledermappe und seinen Notizblock liegen. Eine Hitzewallung baute sich in ihr auf. Ihr Gesicht glühte. Sie hatte den Termin mit dem Journalisten komplett vergessen.

So gut es ging, versuchte Hannah, zu retten, was es zu retten gab. Katharina war kurz nach der Rotwein-Attacke auf dem Sofa eingeschlafen, als wenn nichts gewesen wäre. Hannah versuchte, den Reporter mit einem Abendessen positiv zu stimmen, und versprach ihm einen Platz bei der Trauerfeier. Dafür durfte Hannah im Gegenzug den Bericht über Justus vor der Veröffentlichung lesen.

Im Badezimmer fand Hannah eine Packung Schlaftabletten. Als sie den Blister heraus zog, fehlten vier Tabletten. Hannah verdrehte die Augen und sah zur Decke. Erst heute Morgen hatten sie die Tablettenschachtel gekauft. Katharina musste die Tabletten geschluckt haben, als Hannah walken war - und der Alkohol hatte sein Übriges getan.

Nachricht an Thomas:

Horrortag – es kann nicht mehr schlimmer kommen! 2x abgestürzt, 1 rotweingetränkter Journalist, Urne, Grabstelle, Trauersaal ausgesucht. Sie wollte es nicht allein entscheiden. Weißt du, was das eigentlich bedeutet … für sie und letztendlich für mich … welche Verantwortung ich dadurch nun habe!

Das Klingeln von Thomas‘ Antwort hörte sie nicht mehr.

Jemand streichelte ihre Schulter. Aus weiter Ferne reiste ihr Verstand an, er kam gerade von Wolke sieben. Ein Auge ließ sich etwas öffnen. Hannah stöhnte vor Anstrengung, während die Nase meldete: Katharina – ganz nah. Das Streicheln an ihrer Schulter blieb und sie murmelte: „Was ist los?“

„Danke, dass du hier bist, bei mir und für mich. Ohne dich würde ich das alles nicht durchstehen.“, sagte Katharina. Hannah spürte, wie Katharina ihr einen Kuss auf die Haare gab. Nun war auch das zweite Auge offen und sie lächelte Katharina an, die auf der Bettkante saß. Hannah rutschte zur Seite, zog die Bettdecke nach hinten und klopfte mit der Hand auf die nun freie Bettfläche.

Rücklings kuschelte sich Katharina ins Bett, während Hannah sie umarmte.

„Schön, dass es dich gibt!“, sagte sie und schlief weiter.

Beim Frühstück fiel Hannah das Zittern von Katharinas linker Hand wieder auf. Vor ein paar Tagen hatte sie es schon einmal bemerkt. Damals nahm sie an, Katharina wäre es kalt. Diesmal war die Umgebung angenehm warm. Hannah machte den Mund auf, um etwas zu sagen, aber brach den Versuch ab. Es würde nichts bringen, sie darauf anzusprechen.

Während des Frühstücks ließ sie Katharina wieder von alten Zeiten erzählen. Es tat ihr sichtlich gut. Nebenbei erfuhr sie, wo Justus und Katharina ihre ersten Urlaube verbracht hatten und wie Katharina Justus' Eltern kennengelernt hatte. Dann klingelte das Telefon.

Der Bestatter kündigte sich an und Hannah verschwand ins Bad. Als sie ihn später begrüßte, sah er noch gestresster aus als an den Tagen zuvor. Nach dem ersten Treffen und seinen anfänglichen Misserfolgen hatte Hannah ihm seine Aufgaben diktiert. Im zweiten Versuch gab sie ihm zusätzlich Terminvorgaben, bis wann er was zu erledigen hatte. Seitdem funktionierte die Zusammenarbeit besser.

Sie sah die Entwürfe der Traueranzeigen auf dem Besprechungstisch liegen. Er zeigte Katharina Fotos von Blumenschmuck mit riesigen roten Schleifen. Als sie hinter Katharina stand, zeigte sie auf das linke Foto und sagte: „Ich glaube nicht, dass die Schleifen zu Justus oder dem Anlass passen. Ich würde sie weglassen. Nur die Blumen nehmen und dafür hier und dort weitere

Gestecke aufstellen“, dabei deutete sie auf dem Raumplan auf zwei Stellen.

Der Bestatter lobte den Vorschlag, denn der Blumenschmuck würde dadurch insgesamt günstiger werden, da die Schleifen teuer seien. Hannah bemerkte, wie Katharina sie anlächelte. Bei den Traueranzeigen bemängelte Hannah das fehlende „R“ in Justus Farber und zeigte dies dem Mitarbeiter des Bestattungshauses. Der senkte seinen Kopf und entschuldigte sich.

So zog sich der Vormittag hin. So viele Fragen mussten geklärt werden. Je länger der Termin andauerte, desto gekrümmter saß Katharina am Tisch. Hannah beobachtete sie und ahnte schon, dass Katharina wieder auf ihr Hamsterrad zusteuerte. Der nächste Zusammenbruch deutete sich an. Als der Bestatter das Haus verließ, fing Katharina an, ununterbrochen durch die Räume zu rennen. Sie suchte Dinge, die sie nicht fand und warf es Hannah vor. Hannah versuchte Katharina aus diesem immer schneller drehenden Hamsterrad herauszuziehen. Irgendwann hatte Hannah genug und schickte Katharina in die Dampfsauna.

Am Abend erschien der Trauerredner Olaf Wegner zum Vorgespräch und Katharina verschwand mit ihm ins Besprechungszimmer. Hannah wunderte sich kurz, war aber dann glücklich, etwas Zeit für sich zu haben. Es regnete seit Stunden. Die schwülwarme Witterung und ihr Schlafmangel zehrten an ihren Kraftreserven. Sie legte sich auf ihr Bett und schlief ein. Erst als es draußen stockfinster war, wachte sie auf und ging hinunter in die Küche.

Dort traf sie Katharina. Hannah ging zu ihr, um ihr über den Rücken zu streichen. Doch sie schlug Hannahs

Hand weg, stierte sie mit rot unterlaufenen Augen an. Tiefe Furchen durchzogen ihr Gesicht und die blauen Augen waren grau. Hannah stolperte rückwärts und fragte:

„Hey, was soll das!"

„Fass' mich nicht an! Ich hasse das!", sagte Katharina, zeigte Hannah ihr Fäuste und kniff die Augen zusammen.

Hannah hob abwehrend beide Hände und verließ die Küche.

2:23 Uhr – Nachricht an Thomas:

Trauerredner war da. Katharina fährt im Paternoster durch die Hölle der Erinnerungen. Steht wie wildes Tier in der Küche und zittert tierisch. Bin ratlos. Sehne mich nach Zuhause. Kuss H.

Am nächsten Morgen fuhr Hannah in die Farber-Werke. Es regnete und sie lief vom Parkplatz in die Eingangshalle. Frau Henseler hatte ihr die wichtigen Schreiben in Mappen vorbereitet. Sie besprachen alles und Hannah packte die Unterschriftenmappen für Katharina ein. Als sie die Haustür aufschloss, war es still im Haus. Katharina blieb bis in den Nachmittag hinein in ihrem Schlafzimmer und Hannah war froh darüber.

Am Montag erschienen die Traueranzeigen in den Zeitungen. Daraufhin rollte die nächste Beileidsbekundungswelle auf die beiden Frauen zu. Die vielen Anrufe und Briefe setzten Katharina sehr zu. Zusätzlich musste Hannah Katharina dazu überreden, endlich in die Firma zu fahren, um mit der Belegschaft zu sprechen.

Doch Katharina schaffte es nur in die Firma. Sie hielt sich vor Schmerzen den Bauch und Hannah brach den Termin ab. Sie ließ Frau Henseler in der Arztpraxis anrufen und fuhr Katharina zu ihrem Hausarzt. Der riet beiden Frauen dazu, ein paar Tage an die See zu fahren und sich den Wind um die Nase blasen zu lassen. Hannah fand die Idee sehr gut, aber Katharina wollte erst den Papierkram wegarbeiten.

Katharina starrte auf die Rechnungen des Krankenhauses, die in der Summe knapp 52.000 Euro betrugen, und jammerte: „Das hört einfach nicht auf! Es hört nicht auf!" Katharina taumelte rückwärts. Hannah sprang auf und packte sie an den Oberarmen. Katharinas Hand zitterte und sie versuchte mit der rechten Hand, es zu verdecken.

„Das Zittern geht bald weg. Bald kommen auch die Rechnungen nicht mehr", sagte Hannah, „Wenn die Trauerfeier vorbei ist, ist das Schwerste erst einmal geschafft. Danach sehen wir weiter. Wir schaffen das - gemeinsam!"

Katharina schüttelte ihren gesenkten Kopf: „Warum muss dieser Blödmann mich mit dem ganzen Kram im Stich lassen!"

„Ich denke, Justus wäre gern noch eine lange Zeit mit dir hier auf Erden geblieben. Er hatte viel zu viele Pläne, Ideen und noch Projekte, die er umsetzen wollte."

„Das ist alles so unfair!"

„Hey, wir müssen uns mit den Tatsachen abfinden, ob wir wollen oder nicht. Wir können nur zusammenhalten und versuchen, das Beste daraus zu machen." Hannah schritt auf Katharina zu, um sie zu umarmen.

Doch Katharina schlug abwehrend gegen Hannahs Hände. Sie zog sie sofort zurück und sagte:

„Entschuldigung, ich wollte dich nur in den Arm nehmen und trösten."

„Ist schon gut. Lass' uns weiterarbeiten!"

Es dämmerte noch, als Hannah am Morgen zum Walken ging. Es war Flucht und Befreiung zugleich, durch einen menschenleeren Park zu laufen. Die Walkingstöcke bei jedem Schritt in den Boden zu pressen und die taufrische Luft einzuatmen. Hannah lächelte, drehte den Haustürschlüssel vorsichtig im Schloss um und ging hinein.

Sie betete, Katharina würde noch schlafen, aber dann sah sie sie schon am Esstisch sitzen. Katharina las bereits die Tageszeitung und trank Kaffee.

„Guten Morgen!", sagte Hannah.

„Ah, da bist du ja", sagte Katharina, „Dann können wir endlich frühstücken."

„Gern. Hast du meinen Zettel nicht gefunden?"

„Doch, aber du warst so lange weg!"

„Aha." Auf Socken lief Hannah die Treppe hinauf ins Gästebad. Dabei hinterließ sie auf jeder Stufe feuchte Fußabdrücke. Als sie geduscht und umgezogen wieder ins Esszimmer kam, freute Hannah sich auf einen heißen Kaffee. Doch neben ihrem Teller war nichts - kein Kaffee. Sie schaute Katharina an, die kurz von ihrer Tageszeitung aufsah und sagte:

„Du hättest ein paar Brötchen mitbringen können!"

„Sorry, aber im Park bin ich an keiner Bäckerei vorbeigekommen!", sagte Hannah mit zusammengezogenen Augenbrauen. „Aber ich hole gern morgen früh Brötchen."

„Wer weiß, ob ich morgen noch lebe …", sagte Katharina leise und blätterte eine Zeitungsseite um.

Hannah ließ ihren Kopf zwischen den Schultern hängen und atmete laut aus.

Ein paar Tage vor der Beerdigung fuhren sie an die niederländische Küste, wie es Katharinas Hausarzt geraten hatte. Hannah freute sich sehr darauf. Vorher wollte sie nach Hause fahren, um frische Klamotten einzupacken und ihre Schmutzwäsche dort zu lassen.

Sie standen an der ersten roten Ampel, als Katharina sich darüber beschwerte, dass Hannah ihre Schmutzwäsche durch die Gegend fuhr. Es wäre unsinnig, Wäsche extra nach Hause zu fahren. Schließlich füllte Katharinas Kleidung ihre Waschmaschine nur noch zur Hälfte.

Hannah versuchte, ihre Betrachtungsweise zu erklären. Aber es half nichts. Katharina blieb bei ihrem Standpunkt und starrte aus dem Seitenfenster. Mit aufgeblasenen Wangen saß Hannah da, hielt ihr Lenkrad mit beiden Händen und blies hörbar Atemluft aus. Über unsinnige Dinge immer wieder zu diskutieren, nervte sie. Ganz wollte sie nicht bei Katharina einziehen. Sie hatte ein Zuhause - ein sehr schönes, mit Thomas und sogar mit einer eigenen Waschmaschine. Nahe Antwerpen schlief Katharina endlich ein und Hannah lächelte.

Als sie über den Drempel kurz vor ihrem Ferienhaus fuhr, wachte ihre Sitznachbarin durch das Geschaukel wieder auf. Der BMW hielt vor einem alten Haus mit weißer Fassade und grünen Fensterläden. Katharina beugte sich vor und schaute durch die Windschutzscheibe zum Haus. Sie lächelte und ihre Gesichtszüge wirkten, zum ersten Mal seit Tagen, entspannt.

In der Küche sah Hannah die blühende Topfpflanze und den Zitronengugelhupf auf dem Tisch stehen. Daneben eine Kanne Kaffee mit zwei Tassen. Davor ein Zettel:

Herzlich willkommen und macht euch eine schöne Zeit! Thomas

Hannah lächelte und sehnte sich ihren Mann herbei. Katharina hingegen ließ den Kopf hängen und sagte: „Ich gehe mal das Gepäck holen!"

„Nein!", sagte Hannah und erschrak über ihren scharfen Tonfall. Sie lächelte Katharina entschuldigend an. „Deck' bitte den Tisch. Ich hole das Gepäck aus dem Auto. Dort drüben ist der Wintergarten."

Als Hannah mit der Schlepperei fertig war, sah sie Katharina im Wintergarten sitzen. Sie hielt ihre Tasse Kaffee in der Hand und schaute in den Garten. Ihr liefen Tränen über die Wangen. Sofort stoppte Hannah, drehte um und wollte zurück in die Küche gehen.

„Dein Kaffee wird kalt.", sagte Katharina.

„Oh", sagte Hannah, „ich wollte dich nicht stören."

„Ich musste nur daran denken, dass ich das letzte Mal mit Justus an der Küste war."

Hannah setzte sich in einen Sessel und zog ihre Tasse vom Tisch. „Das wird noch einige Zeit so bleiben, dass du an Orte kommst, wo du zuvor mit Justus warst. Mit der Zeit tut es aber nicht mehr so weh, wie jetzt gerade. Es wird besser werden, auch wenn der Schmerz nie ganz vorbeigehen wird", sagte Hannah.

„Hm, wir wollten noch so viel zusammen machen. Und jetzt ... jetzt bin ich allein ... ohne Justus, ohne Kinder, ohne Familie."

„Du bist nicht allein!"

„Ich hätte mich damals nicht gegen Kinder entscheiden sollen." Katharina schaute in ihre Tasse und eine Träne tropfte in den Kaffee. Hannah stand auf und beugte sich von hinten über Katharina, küsste sie auf den Hinterkopf und streichelte ihre Oberarme. Katharinas Kinn bebte, dabei hob sie ihren Kopf und lehnte ihn mit geschlossenen Augen an Hannah. Katharina weinte und Hannah streichelte sie so lange, bis die Tränen aufhörten.

„Du solltest deinen Mann nicht so vernachlässigen", sagte Katharina, als sie ihre Tränen abtupfte.

Hannah setzte sich, zuckte mit den Schultern und sagte: „Bei uns ist alles im grünen Bereich. Du bist im Moment wichtiger und Thomas legt Wert darauf, dass es dir gut geht."

„So einen Mann findest du nicht wieder!"

„Ich weiß", antwortete Hannah schmunzelnd, „aber er auch nicht so eine Frau."

Katharinas Hand zitterte und sie versuchte, es zu verbergen. Hannah sorgte sich deswegen. Als sie etwas sagen wollte, sprang ihre Freundin auf, um sich noch einen Kaffee in der Küche zu holen.

Nachricht an Thomas:

Katharina entspannt jede Minute mehr, zwei Stunden am Meer spaziert und lecker Fisch gegessen. Gute Nacht mein Schatz, vermisse dich sehr, Kuss H.

Am nächsten Tag lasen sie bis mittags Zeitung und gingen danach am Strand essen. Freitagmorgen fuhren sie zum Wochenmarkt nach Vlissingen. Dort kauften sie Gemüse und Fisch ein und probierten verschiedene Käsesorten. Hannah freute sich über Katharinas gute Laune. Sie war wie befreit, aber versank auch immer wieder in ihre depressiven fünf Minuten. Hannah hatte diese Phasen so getauft, um besser damit umgehen zu können. Es war ja nach fünf Minuten wieder vorbei.

Nachricht an Thomas:

Gute Nacht mein Schatz, musste mich heute mit einer Kissenschlacht wehren, weil mir Katharina nicht die Hälfte der Riesen-Stroopwaffel gegönnt hat. Pah, nicht mit mir! Kuss H.

Als sie am Samstagmorgen ihr Gepäck im BMW verstauten, sprach Hannah kein Wort. Zu gern wäre sie hier geblieben, mit Katharina, oder mit Thomas. Das war ihr in diesem Moment egal, Hauptsache hier. Sie wollte nicht zurück in diese Hölle fahren. Sie wollte Katharina vor diesen Qualen beschützen. Sie wollte, dass es aufhörte.

Ihr Handy klingelte und eine Nachricht von Thomas erschien:

Gute Fahrt, passt auf euch auf!

Hannah lächelte, drehte den Kopf und sah direkt in Katharinas Augen, die die ganze Zeit neben ihr gestanden hatte. Sofort biss sich Hannah auf die Lippen, doch Katharina lächelte ihr zu.

„Wir müssen los … mein Friseurtermin.“, sagte Katharina.

„Jawohl Sir", sagte Hannah und hob lachend die Hand an die Stirn.

Katharina wollte unbedingt selber zum Friseur fahren und war bereits losgefahren, als Frau Henseler anrief. Sie erzählte Hannah von den Problemen in der Waschmittelproduktion und bat um Rückruf von Katharina. Nach dem Telefonat holte Hannah ihr Mountainbike aus der Garage und startete mit ihrer Trainingstour.

Bevor Hannah mit Duschen fertig war, öffnete Katharina die Duschtür. Sofort stellte Hannah das Wasser ab und zog das Handtuch zu sich. Schweigend stand Katharina vor ihr und sah sie an. Hannah fröstelte, schaute kurz auf zu Katharina, und trocknete sich weiter ab.

„Sieht gut aus!", sagte sie.

Wortlos starrte Katharina sie an und verließ das Bad.

Nachdem Hannah sich angezogen hatte, ging sie zu Katharina ins Esszimmer. Sie hatte das Geschirr klappern gehört und freute sich auf ein gemeinsames Abendessen. Doch auf dem Esszimmertisch stand nur ein Teller. Es gab auch nur Besteck für eine Person. Genauso wie nur ein Glas. Hannah sagte: „Wie ich sehe, möchtest du allein essen?"

Katharina stürmte auf Hannah zu und schrie: „Stundenlang war ich beim Friseur und du sagst nur, sieht gut aus. Da habe ich keine Lust mehr, mit dir gemeinsam zu essen!"

„Aha. Sonst noch etwas?"

„Nein!"

„Gut. Es tut mir leid, dass ich nicht angemessen deine neue schicke Frisur bewundert habe ...", sagte

Hannah und verließ das Esszimmer. Katharina lief ihr hinterher.

Hannah zog ihre Schuhe an, sagte: „Ich bin mal weg!“, und schnappte sich ihren Autoschlüssel.

„Wohin fährst du?“, fragte Katharina mit rauer Stimme. Hannah sah, wie Katharinas Gesicht rötlich anlief, doch es war ihr egal. Wie leichthin sagte sie:

„Mir was zu essen kaufen. Sonst bekomme ich das auch noch vorgeworfen!“ Sie ließ die Haustür laut knallend zufliegen.

Katharina sprach mit ihr an diesem Abend kein Wort mehr. Und Hannah war darüber ganz froh. Sie beobachtete, wie Katharinas Hand zitterte, als sie Justus' Klamotten aus dem Garderobenschrank zerrte. Sagte nichts dazu und nichts zu ihr. Hannah ging schweigend an ihr vorbei ins Gästezimmer und las ein Buch.

Kapitel 4

14. Juni

Im Park sah Hannah hin und wieder Kaninchen auf den Wiesen hoppeln. Meist verschwanden sie im Morgendunst, den die Sonnenstrahlen von den Blättern lösten. Heute war einer dieser Tage, die lange brauchten, um ein Ende zu finden. Und dann, nach einer kurzen Nacht, erneut von vorn begannen und sich keinen Deut besserten - im Gegenteil.

Hannah hämmerte ihre Walkingstöcke gegen den Boden, als wenn sie ihn wegschieben wollte. Sie drückte so stark, dass sie mit Schwung nach vorn sprang. Doch als sie die Marmortreppe zur Rosenholz-Haustür hochging, fehlte ihr das Gefühl, das sie sonst spürte - ihren Frust wie Flocken im Park verteilt zu haben. Ihre Unzufriedenheit war immer noch da. Sie zog ihr iPhone aus der Tasche. Erst 6:07 Uhr.

Sie schloss die Tür auf und ihr üblicher Zettel lag noch auf dem Boden. Hannah zog ihre Augenbrauen hoch und bückte sich, um den Zettel aufzuheben. Sie zerknüllte ihn, warf ihn in Richtung Mülltonne, traf und riss die geballte Faust in Richtung Zimmerdecke: „Yeah."

Also so schlecht begann der Tag dann auch wieder nicht. Mal keine Katharina, die meckerte, sie wäre zu lange weg gewesen, hatte auch was. Und in sechs Stunden würde Thomas sie beide abholen kommen. Bis dahin musste Hannah noch einiges erledigen.

Erst gegen elf Uhr erschien Katharina in der Küche. Sie hatte schwarze Schatten unter ihren Augen und ein noch fahleres Gesicht als sonst. Ihre Augenränder waren vom Weinen geschwollen und sie schlurfte zur Küchenarbeitsplatte. Hannah biss sich auf die Unterlippe, als sie Katharina in so einer elenden Verfassung sah. Leichte Panik stieg in ihr auf.

In einer Stunde kam ihr Mann und sie würden zur Trauerfeier fahren müssen. Aber wie sollte Katharina das in ihrer Verfassung überhaupt durchstehen? Hannahs Augen flitzten durch den Raum. Zu gern hätte sie Katharina umarmt, um einen Weg zu ihr zu finden. Doch die hielt Abstand von Hannah. Also musste sie einen anderen Weg zu ihr finden und sagte:

„Guten Morgen, möchtest du einen Kaffee?"

„Ja, bitte."

Hannah stand am Kaffeeautomaten und sie fragte: „Wie geht's dir?"

Katharina schnalzte, antwortete aber nicht.

„Heute Abend haben wir den nächsten schweren Schritt geschafft. Dann machen wir den nächsten, einen nach dem anderen!"

„Das sagst du so leicht …"

„Hey, ich bin für dich da, ich bin hier, bei dir … und wir schaffen das gemeinsam!"

„Danke, du bist ein Schatz!", sagte Katharina leise und nahm die Tasse Kaffee aus Hannahs Händen entgegen, die sie länger berührte als notwendig.

„Was möchtest du essen?", fragte Hannah.

„Nichts."

„Du musst aber was essen, sonst klappst du gleich zusammen. Und das können wir nicht gebrauchen."

„Gar nichts. Mir ist schlecht."

„Okay, dann müssen wir etwas mitnehmen. Eine Banane oder so. Wenn dein Kreislauf schlappmacht, damit wir Doping dabeihaben."

„Ich nehme Traubenzuckerstückchen mit. Das hat bisher immer geholfen."

Hannah zog die Mundwinkel nach unten, schüttelte leicht den Kopf und sagte: „Ich geh' mich umziehen. Das solltest du auch!"

Als Hannah ein Auto hörte, hüpfte sie die weißen Marmorstufen hinunter in die Umarmung ihres Mannes. Sie drehte sich kurz zum Haus um, ob Katharina irgendwo zu sehen war, und gab ihrem Mann einen langen Kuss. Sie spürte, wie Thomas ihr auf den Rücken tippte und sie wusste, Katharina sah zu ihnen. Sofort löste sich Hannah von Thomas und er winkte Katharina lächelnd zu.

Hannah beobachtete, wie Katharina die Marmorstufen schwankend hinunterkam, und ging zu ihr. Sofort griff Katharina nach Hannahs angewinkeltem Arm und ließ sich zur Beifahrerseite führen. Thomas hielt die Autotür auf. Katharina nickte ihm stumm zu und er sagte: „Wir sind bei dir!"

Hannah stieg auf der gegenüberliegenden Seite ebenfalls im Heck ein. Auf der Fahrt zur Ritterburg sprach niemand. Hannah drückte ihren Unterarm leicht gegen Katharinas und sie spürte ihren leichten Gegendruck. Die Jüngere spürte die Traurigkeit, die Hilflosigkeit und

Einsamkeit ihrer Sitznachbarin. Ein langes scharfes Schwert bohrte ein Loch in ihre Schulter. Automatisch zog Hannah die linke Schulter hoch. Hannah würde für sie da sein, wann immer es notwendig war. Sie wollte ihr die Kälte der Einsamkeit nehmen. Ihr das Gefühl der Geborgenheit geben und das Licht am Ende des Tunnels zeigen. Es gab immer einen Weg. Man musste nur mutig genug sein, ihn auch zu gehen.

Der Wagen stoppte und Hannah sah zu Katharina. Die schaute Hannah an und ihre Augen bettelten um Hilfe. Hannah schluckte, nahm Katharinas Hand, drückte sie leicht und sagte lächelnd: „Kopf hoch, ich glaube an uns. Und dass es auf dieser Welt immer noch Dinge gibt, für die es sich zu kämpfen lohnt. Alle für eine!" Katharina nickte und stieg aus, hinaus in die ungeschützte Realität. Thomas stand hinter der offenen Wagentür und sagte lächelnd zu Katharina: „Und eine für alle". Die berührte ihn mit der Hand leicht am Oberarm.

Katharina blickte zu Boden, bis Hannah die Hand auf ihre Schulter legte. Im gleichen Moment atmete Katharina tief ein, richtete sich auf und hob den Kopf.

Im Innenhof der Ritterburg parkten schon viele Limousinen. Bis auf wenige Stellplätze war der Platz voll. Vor ihnen gingen größere und kleinere Menschentrauben durch den Torbogen. An der Treppe hinauf zum Rittersaal bildete sich ein Stau. Andere Grüppchen blieben zusammen auf dem Hof stehen und plauderten. Als Katharina entdeckt wurde, kamen die Ersten auf sie zu. Sie musste Beileidsbekundungen anhören und Hände schütteln. Hannah und Thomas blieben eine Schrittlänge hinter Katharina. Und so dauerte es eine Weile, bis sie den Rittersaal erreichten.

Auf der linken Seite saß Hannah neben Katharina, Thomas auf der anderen. Katharinas Freundin Bella setzte sich in die Reihe hinter sie, um sie vom Rest der Trauergemeinde abzuschotten. Hannah sah, dass Katharinas Hand stärker als bisher zitterte. Katharina versuchte sie zu verstecken, aber Hannah legte bereits ihre Hand darauf. Das Zittern wurde weniger.

Vor ihnen standen auf der aufgebauten Bühne Trauerkränze und Gestecke der Belegschaft, der Freunde, der Geschäftspartner, der Wirtschaftsverbände und von Katharinas Verlag. Dazu kamen noch Blumengestecke und ein Herz aus bordeauxroten Rosen. Hannah gefiel die Farbe. Es roch nach frischen Blumen und heißem Kerzenwachs. Immer noch hörte Hannah Schritte hinter ihnen.

Dann wurde es plötzlich friedvoll still. Eine Leinwand fuhr aus der Decke herab und Justus' Portrait erschien. Im gleichen Moment spürte Hannah, wie Katharina zu ihr kippte. Sofort spannte Hannah ihre Schultermuskeln an, um Katharina zu stützen, und hielt dagegen. Einige schnäuzten in ihre Taschentücher. Andere räusperten.

Sanfte Orchestermusik erklang. Am Ende des Werkes trat Olaf Wegner ans Sprecherpult. Der Trauerredner begrüßte die Gäste. Anschließend fasste er in Worte, wo anderen die Worte fehlten. Musik ertönte und ein Vertreter der Wirtschaftsverbände sprach. Als Vertreter der

Farberschen Werke sprach ein Pensionär zu den Trauergästen. Er erzählte die eine oder andere Anekdote, die die Trauergäste zum Lachen brachte. Aber er sprach auch den Wunsch der Belegschaft nach einer Fortführung von Justus' Lebenswerk aus. Abschließend dankte er der Familie Farber im Namen der Belegschaft. Er schritt vom Rednerpult auf Katharina zu, um ihr die Hand zu reichen.

Olaf Wegner übernahm wieder. Und ein Film über Justus Leben, der zu seinem 50. Geburtstag gedreht worden war, flimmerte auf der Leinwand. Raunen durchströmte den Rittersaal.

Als die Bilder von Katharinas und Justus' Hochzeit erschienen, leuchtete die Sonne auf und strahlte durch die hohen Fenster. Der Saal leuchtete bunt. Hannah sah, wie Katharina gegen ihre Tränen verlor. Ihre Schultern zuckten. Hannah reichte ihr Taschentücher und sie nahm sie sofort. Weitere Bilder aus Justus' Vergangenheit erschienen auf der Leinwand, bis am Ende sein Portrait alle Gäste ansah.

Der Trauerredner bat Hannah nach vorn. Als sie aufstand, hielt Katharina sie zurück und schaute sie an. Doch Hannah lächelte, legte die Hand auf ihre Hand, um dann zum Rednerpult zu gehen.

Sie stand einem Saal voller Menschen gegenüber. Am Ende des Raumes reihten sie sich dicht gedrängt. Mit so vielen Trauergästen hatte sie nicht gerechnet. Hannah holte Luft und begann:

„Dieser Wahrheit müssen wir uns alle stellen. Ob wir wollen oder nicht, alles endet irgendwann. Nun ist dieser Tag da.

Die letzten Stunden mit Justus, Zeilen zum Abschied, Worte über die Vergangenheit, Gedanken an die Zukunft ohne Justus. Die letzten Seiten seines aufregenden Buches werden geschrieben. Es endet mittendrin und viel zu früh. Aber Abschiede sind unvermeidbar und so werden die letzten Buchstaben auf die Blätter geschrieben und wir müssen dieses Buch bald schließen.

Heute ist einer dieser Tage, an dem wir uns verabschieden. Von allem, was uns wohlvertraut war, allem, was uns angenehm war. Wir gehen weiter. Dafür müssen wir loslassen. Und das macht uns traurig. Justus war unser Weggefährte für so lange Zeit, die wir immer im Herzen tragen."

Hannah blickte mit Tränen in den Augen in die Menge. Viele hatten ihren Kopf gesenkt, manche schauten nach oben, als ob sie Justus im Himmel sehen könnten. Sie sah Thomas Taschentücher an Katharina reichen. Ihr Gesicht war tränennass. Katharina hob ihr Kinn und sah Hannah an. Sie hatte Katharinas Herz erreicht und die hatte die Botschaft verstanden.

Olaf Wegner erschien am Rednerpult. Er sprach ein paar Abschiedsworte und bedankte sich bei allen. Wegner bat die Gäste, ihre persönlichen Gedanken, Wünsche oder Beileidsbekundungen in die ausgelegten Trauerseiten zu schreiben. Die Mitarbeiter des Bestattungshauses stellten Schreibpulte mit den Blättern auf und sofort bildeten sich Schlangen davor.

Nach ihrer Rede hatte Hannah, am Rand stehend, gewartet. Wie abgesprochen kam Thomas mit Katharina am Arm auf sie zu. Durch einen Nebenausgang gingen die drei zum Auto und fuhren zum Friedhof.

Nur ein paar Minuten dauerte die Fahrt. Aber in denen ließ Katharina Hannahs Hand nicht los. Der Trauerredner parkte vor ihnen und sie alle gingen gemeinsam zum Grab, wo der Bestatter wartete. Die Trauerfeier war der Abschied von Justus für die Öffentlichkeit gewesen. Das hier war Katharinas ganz persönlicher Abschied von Justus.

Die beiden schwarz gekleideten Männer in Uniform grüßten nickend und hoben Justus' Urne an. In Zeitlupe glitt sie ins Grab hinab. Während dessen sprach Olaf Wegner die Abschiedsworte, die Katharina ausgewählt hatte:

„Ich würde Jahrtausende durchwandern,
In sämtliche Formen mich wandeln,
In jeder Sprache des Seins,
Um noch einmal dir zu begegnen.

So lange ich lebe,
Wirst auch du leben,
Denn du bist ein Teil von uns,
Wenn wir uns an dich erinnern."

Katharina biss auf ihre Lippen und war kreidebleich. Die Urne stoppte und die Männer in Uniform entfernten sich. Hannah schaute ihren Mann an, nickte ihm zu und beide gingen ein paar Schritte rückwärts. Katharina stand nun alleine vor dem offenen Grab. Nur der Trauerredner blieb.

Hannah sah, wie er Katharina eine dunkelrote Rose reichte. Sie nahm sie mit zitternder Hand. Sie starrte auf die Urne in der Erde. So verharrte sie eine Zeitlang, beugte sich vor, um die Rose auf die Urne fallen zu lassen. Ihre Lippen bewegten sich stumm. Hannah spürte, wie Thomas ihre Hand drückte, und versuchte zu schlucken. Als Katharina sich vom Grab ihres Mannes abwandte, eilte der Trauerredner an ihre Seite.

Hannah trat vor ans Grab und flüsterte: „Tschüss Justus", senkte ihr Kinn tief und machte Platz für Thomas. Der nickte stumm zur Urne und zog ein Taschentuch aus der Hose.

Auf dem Rückweg zum Auto hakte Hannah sich schweigend bei Thomas ein, denn der Trauerredner sprach mit Katharina.

Weit nach Mitternacht rief Hannah ihren Mann an und fragte: „Mein lieber Schatz, wie geht es dir?"

„Es geht so", sagte Thomas, „ich habe was gelesen."

„Katharina sieht fürchterlich aus. Sie ist seit Stunden im Schlafzimmer verschwunden. Was kann ich bloß tun? Ich würde mich so gern in deine Arme verkriechen."

„Katharina braucht Zeit für sich. Hauptsache du bist da."

„Ich kann es nicht mehr ertragen, sie so leiden zu sehen. Sie hat keine Tränen mehr und ist wütend auf Justus. Ich durfte sie nicht in den Arm nehmen."

„Liebes, du bist für sie da. Mehr kannst du im Moment nicht tun. Gib ihr Zeit, sich von ihrem alten Leben zu verabschieden.“

„Es ist alles einfach unbegreiflich. So unfair. Warum nur?“

„Das weiß nur der liebe Gott.“

„Sie sagt, ich solle zu dir fahren. Sie will unsere Ehe nicht kaputt machen. Ich habe ihr erklärt, dass du mich hierhergeschickt hättest und es dein Wunsch ist, ihr bei zu stehen.“

„Gut so. Und richtig. Du machst das schon! Ich versuche jetzt, was zu schlafen. Gute Nacht Liebes.“

„Gute Nacht Schatz, pass’ auf dich auf!“ Hannah hielt ihr Handy noch eine ganze Weile in der Hand und starrte auf das Display.

Zum Tagesbeginn schrieb Hannah eine Nachricht an Thomas:

Guten Morgen mein Schatz! Ich gehe jetzt Sonnenaufgangswalken. Nacht war seltsam ruhig.

Am frühen Abend entdeckte Hannah drei unbeantwortete Anrufe von Thomas auf ihrem Display. Sie rief sofort zurück und sagte:

„Sorry Schatz, heute war ein ätzender Tag! Katharina ignoriert mich, fängt an, das Haus umzuräumen und schwänzt die Ansprache in der Firma. Ich könne das viel besser als sie. Die Mitarbeiter wollen wissen, wie es weitergeht. Logisch! Es geht um Familien und Existenzen. Und wer sieht das nicht ein?“

Thomas sagte: „Liebes, die Beerdigung war erst gestern. Sie realisiert langsam, dass Justus nie mehr nach

Hause kommt. Sie muss für sich jetzt einige Entscheidungen treffen, dafür braucht sie Zeit."

„Egoist! Das hilft der Belegschaft aber nicht weiter. Freitag muss ich nach Berlin. Ein großer Kunde macht Probleme. Katharina will nicht fahren. Es steht einiges auf dem Spiel. Muss mich jetzt noch in die Akte einarbeiten. Das wird heute wieder spät werden."

„Arbeite nicht so viel und versuche auch was, zu entspannen!"

„Ja, mache ich ... wenn das hier alles irgendwann einmal vorbei ist!"

Hannahs iPhone klingelte am nächsten Tag und Thomas erschien auf dem Display. Sie drückte den grünen Knopf und sagte: „Puh, wenn der Tag rum ist, mache ich einen Champagner auf!"

Thomas fragte besorgt: „Liebes, was ist los? Du verträgst doch kein Alkohol ..."

„Diese Frau treibt mich in den Wahnsinn! Gestern lässt sie mich links liegen. Heute trägt sie mich auf Händen. Verwöhnt mich auch noch mit Essen, was sie mal wieder selbst gekocht hat. Leider ist ihr das Salz dabei aus der Hand gefallen. Danach waren wir auf dem Friedhof. Katharina ist mit einem Heulkrampf zusammengebrochen. Fast hätte ich sie nicht mehr auffangen können. Seitdem ist sie durch den Wind und lässt mich wieder links liegen."

„Liebes! Sie kann nichts dafür!"

„Ich aber auch nicht! ... Ja, ich weiß es ja auch."

„Wenn sie schon wieder selber kocht, geht es aufwärts. Noch ein paar Tage, dann hast du es geschafft!"

„Dafür muss ich erst einmal Berlin überleben. Um 4:34 Uhr ist Abfahrt. Wahrscheinlich bin ich gegen

Mitternacht wieder hier. Ich habe Katharina gefragt, ob sie meine Reisedaten möchte. Sie war fast beleidigt, dass ich überhaupt gefragt habe. Noch Fragen?"

„Nein, schon klar."

„Hoffentlich klappt alles?"

„Wird schon. Ich muss weiter. Bis später, Liebes!"

„Okay, bis später!"

In Berlin herrschte Freitag-Feierabend-Verkehrschaos. Hannah saß nach dem Geschäftstermin am Bahnstein und machte eine Pause von dem ganzen Trubel um sie herum.

Nachricht an Thomas:

Bin am Hbf. Abfahrt 18:49 Uhr. Köln 23:26 Uhr. Tag war gut. Kunde zufrieden. Bis später, H

Thomas: Gute und angenehme Fahrt!

Hannah: Danke Schatz! Katharina hat seit heute Morgen 6 Uhr auf keine Nachricht von mir mehr reagiert … lässt böses erahnen.

Thomas: Abwarten, wird schon nicht so schlimm werden.

Mittlerweile fünf Stunden saß Hannah im ICE von Berlin nach Köln, der bereits 73 Minuten Verspätung einfuhr.

01:09 Uhr - Nachricht an Thomas: Sitze im Taxi. Bin gleich da. Freue mich wahnsinnig auf mein Bett. Ich kann nicht mehr. Zwanzig Stunden unterwegs ist einfach zu viel. Wir sehen uns in ein paar Stunden zum Brunch, dann umarme und küsse ich dich ganz lange!

Thomas: Gute Nacht Liebes und bis zum Brunch. Ich freue mich auf dich!

Aus der Küche dröhnte Geschirrklappern, Schranktüren knallten und die Küchenmaschine brummte wie ein Mähdrescher. Hannah zog die Bettdecke über den Kopf. Der Lärm entfernte sich. Ihr Körper wurde bleischwer und sie lächelte, als die Zimmertür sich öffnete und ihr Mann zu ihr kam.

„Hannah!“ Seit wann hatte Thomas so eine weibliche Stimme? Hannah sah sich und Thomas am Strand spazieren, Hand in Hand. Sie spürte sogar seine Hand an ihrer Schulter.

„Hannah, könntest du mir bitte antworten. Ich habe keine Zeit. Die Gäste kommen gleich! Hannah!!“ Hannah spürte die Hand, aber sie war nicht von Thomas. Als sie die Augen öffnete, schaute Katharina sie mit zusammengezogenen Augenbrauen an und sagte:

„Hey Hannah, wach auf!“

Hannah drehte sich langsam um, bis sie Katharina sah, und sagte: „Was ist? Lass mich bitte schlafen. Es ist mitten in der Nacht!“

„Nein, es ist halb acht und ich bereite den Brunch vor. Wohin hast du meine Servierplatten geräumt?“

„Sag ich doch … mitten in der Nacht!“

„Hannah … die Servierplatten, wohin hast du sie geräumt?“

„Nirgendwo hin. Was soll ich mit Platten? Was ist das überhaupt?“

„Jetzt auch noch die Ahnungslose spielen. Gut, dann komm' bitte runter und such' sie!"

„Nein, ich schlafe jetzt noch was. Ich bin erst … "

„Soll ich etwa alles alleine vorbereiten? Schließlich kommt auch Thomas! Also mach schon, steh' auf und komm' in die Küche. Es gibt genug zu tun!"

Hannah hörte noch Schimpfworte, bis Katharina die Küche erreichte. Sie sah Katharina lange nach, neigte ihren Kopf und sagte: „Das habe ich jetzt nicht wirklich erlebt, oder?" Sie hoffte, dass irgendjemand etwas erwiderte wie „Nein, es war nur ein Albtraum!", und alles wäre gut gewesen. Aber sie hörte nichts.

So kämpfte Hannah sich aus dem Bett, stolperte ins Bad und musste sich auf die Toilette setzen, weil ihr schwindelig wurde. Ihr Kreislauf war noch im Bett und eigentlich wollte sie auch wieder dahin. Irgendwann schaffte sie es dennoch, sich in die Dusche zu schleppen. Sie hoffte auf energetische Wasserstrahlen, die ihren Akku in Schwung bringen würden.

Nach einer guten Viertelstunde folgte Hannah dem Lärm in die Küche und landete im Chaos. Überall lagen Zutaten für den Brunch. Eierkartons standen neben dem Herd. Wurstpakete lagen offen auf der Arbeitsfläche. Daneben lagen Gehacktes und ein paar gerollte Fleischkugeln. Die Zwiebeln, die da hineingehörten, waren aber noch nicht gewürfelt. Miniwürstchen, die noch gebraten werden mussten, stapelten sich neben dem Kühlschrank. Hannah sah nach rechts und links. Sie entdeckte keine freie Fläche mehr auf der Arbeitsplatte. So ein Durcheinander hatte sie schon lange nicht mehr gesehen.

In diesem Moment kam Katharina mit länglichen Metalltellern in die Küche gelaufen, eilte an Hannah vorbei und sie sagte:

„Ich habe die Servierplatten gefunden. Wieso hast du sie gestern im Keller auf die alte Küche gestellt? Das hättest du mir auch gleich sagen können!" Katharina schaute Hannah über ihren oberen Brillenrand hinweg an. Hannah zog ihre Augenbrauen zusammen, biss sich auf die Unterlippe und ging zum Kaffeeautomaten. Sie brauchte jetzt ganz dringend einen heißen und vor allem starken Kaffee.

„Hannah!" Katharina stemmte ihre Hände in die Hüfte, schob ihre Brille die Nase hoch und warf ein Spültuch auf die Arbeitsfläche: „Es wäre nett, wenn du mir mal antworten würdest!"

Hannah war eindeutig zu müde, um zu streiten, und versuchte zu lächeln.

„Guten Morgen! Ich war in den letzten vierundzwanzig Stunden so gut wie gar nicht hier. Falls du dich erinnern kannst, war ich für deine Firma in Berlin und über zwanzig Stunden unterwegs. Ich bin erst vor ein paar Stunden nach Hause gekommen. Ich bin sehr müde und hätte gerne noch etwas geschlafen!"

Katharina verdrehte die Augen: „Dann musst du nicht die Servierplatten in die alte Küche stellen …"

Der Kaffeeautomat zischte und Hannah zog ihre Tasse raus. Es regnete, sie konnte nicht raus in den Garten. Also raus dem Chaos ... ins friedliche Gästezimmer.

Nachricht an Thomas: Was ist die Steigerung von Absturz?

Thomas: Guten Morgen, schon wach?

Hannah: Ja. Und ja, der Hausdrache ist durch mein Schlafzimmer gejagt, sucht Dinge, die ich angeblich verkramt habe. Ich, die große Magierin, habe gestern Servierplatten verschwinden lassen …

Thomas: Ist es wieder so schlimm?

Hannah: Schlimmer … weitaus schlimmer! Ich habe keinen blassen Schimmer, wie ich sie da wieder rausholen soll!

Thomas: Sie ist alt genug. Sie beruhigt sich schon wieder.

Aus der Küche hörte sie weiterhin Lärm. Es tat gut, den warmen Kaffee zu spüren. Ihr ganzer Körper war total schlapp. Sie hatte das Gefühl von Muskelkater. Sie streckte ihre Beine, aber sie lagen auf der Bettdecke. Sie versuchte, ihre Hände zu drehen, sie hielt sie ruhig. Es war ihr zu anstrengend, die Tasse in der Hand festzuhalten und sie stellte sie ab. Sofort kippte Hannah seitwärts und schlief ein.

Sie sah den Strand, die Wellen und die Möwen. Sie lächelte, denn sie spürte dieses kribbelnde Gefühl. Dann ein Kuss auf ihrer Wange. Dann den Duft ihres Mannes. Sie lächelte und öffnete ein Auge. Es war wirklich ihr Mann. Sie öffnete das zweite Auge auch.

„Guten Morgen mein Schatz. Schön, dass du bei mir bist.“, murmelte Hannah.

„Die ersten Gäste sind da“, sagte Thomas lächelnd.

„Oh, schon so spät?“

„Kurz nach zehn.“

„Es soll doch erst um elf Uhr losgehen?“

„Bella, Stephan, Kristin, Mikaela und Franjo sind unten. Sie helfen Katharina den Tisch zu decken.“

„Frankaela sind auch schon da?“

„Ja, aber bisher haben sie noch keine Neuigkeiten aus ihrem Sexleben breit getrampelt.“

„Woher willst du das wissen?“

„Ich bin schon seit anderthalb Stunden hier.“

„Und warum weckst du mich dann erst jetzt?“

„Liebes, du hast so fest geschlafen … keine Chance. Das ist jetzt mein dritter Versuch!“

„Aha.“

„Na, komm essen …“

Hannah quälte sich aus dem Bett und begrüßte die anderen Gäste. Es war nur noch der Platz am Kopfende frei und so saß Hannah Katharina gegenüber.

Bis weit in den Nachmittag blieben die Gäste. Katharina bedankte sich bei ihren Freunden, für die Unterstützung in den letzten Wochen. Sie versprach, sich zukünftig wieder mehr um ihre Freunde zu kümmern. Alle prosteten ihr lachend zu. Katharina blühte auf und freute sich über die Anerkennung.

Immer wieder bemerkte Hannah, wie Katharina sie ansah. Als die Gäste gegangen waren und alle Servierplatten wieder in der Küche standen, holte Hannah noch die letzten Teller vom Esstisch. Thomas half Katharina in der Küche:

„Wäre es nicht schön, wenn du deine Frau heute mit nach Hause nehmen würdest!“

„Ja natürlich, ich habe meine Frau gern bei mir!“

Hannah ging in die Küche, mit den Tellern in der Hand, und sagte: „Nein, ich fahre heute nirgendwo mehr hin. Ich gehe jetzt ins Bett und schlafe mich aus. Ich kann nicht mehr. Und schon mal gar nicht noch eine halbe Stunde Autofahren. Gute Nacht!“ Hannah verließ die Küche und gab im Vorbeigehen ihrem Mann einen Kuss.

Später am Abend wurde Hannah wieder wach und rief Thomas an:

„Hallo mein Schatz, bin wieder wach. Habe bis gerade geschlafen … bin auch jetzt noch nicht ganz wach.“

„Ich höre mein neues Hörbuch und gehe gleich noch laufen.“

„Boh, ich bin froh, wenn ich meine Beine überhaupt bewegen kann. Laufen ginge gar nicht. Ich bin im Gästezimmer. Katharina im Schlafzimmer. Einsam Zweisam. Ich habe keine Lust auf Gesellschaft. Ich möchte mal wieder in meinem Büro arbeiten. Dinge in meinem Haus ... für mich machen. Ich möchte an die Küste ... ohne irgendwelche Horrornachrichten!“

„Das waren mir heute auch zu viele Leute, zu laut, zu anstrengend. Kann schon sein, dass es Zeit dafür ist. Ich laufe jetzt los. Bis später.“

Hannah war durstig und kletterte aus dem Bett. Sie ging mit wackeligen Schritten in die Küche und füllte sich ein Glas mit Sprudelwasser. Sie trank, es tat richtig gut, trank noch einen Schluck, genoss den Augenblick der Stille und Befriedigung. Dann spürte sie hinter sich etwas und drehte sich um.

Dort stand Katharina, die Hände in die Hüfte gestemmt und mit schiefer Brille auf der Nase. Sie sah Hannah mit zu Schlitzen verengten Augen an und fragte: „Kannst du mir mal bitte sagen, was das soll?“

Hannah zuckte, hob ihre Augenbrauen und sagte: „Was soll?“

„Na, dein ganzes überhebliches Verhalten!“

„Was für ein überhebliches Verhalten?“ Hannah ging ein paar Schritte rückwärts. Doch Katharina kam auf sie zu.

„Es kommen Gäste und du spielst dich auf, als wärst du die Schlossherrin. Lässt mich alles alleine machen und sagst mir dann noch nicht einmal, wo du die Servierplatten gestern hingeräumt hattest!“

Hannah öffnete den Mund und schloss ihn wieder. Sie schüttelte den Kopf und sagte laut: „Jetzt reicht es! Ich war gestern gar nicht hier! Wenn also jemand deine Platten verkramt hat, dann du! Ich war gestern über zwanzig Stunden geschäftlich unterwegs, für dich, in Berlin. Wenn einer hätte fahren müssen, dann du! Wenn jemand die Verantwortung hat, was in Justus' Firma läuft, dann du! Und wenn sich hier jemand unmöglich benimmt, dann du! Und es wird langsam Zeit, dass du dich für dein unmögliches Verhalten heute entschuldigst!“

„Justus ist tot. Es ist jetzt meine Firma! Und für was soll ich mich bitte schön entschuldigen? Ich habe nichts falsch gemacht! Du solltest mit deinem Mann fahren und dich lieber um ihn kümmern. Bring deine Ehe in Ordnung! Du kannst dich nicht immer hier verstecken. Das hier ist mein Haus!"

Hannah traute ihren Ohren nicht. Das konnte doch alles nicht wahr sein! Sie sagte gereizt: „Es reicht jetzt! Meine Ehe ist vollkommen in Ordnung und ich brauche mich nirgendwo zu verstecken. Ich hatte alles mit Thomas heute Nachmittag bereits abgesprochen. Es gab Konsens darüber, dass ich hier ins Bett gehe und mich nach dem Horrortrip ausschlafe."

„Ach, hast du nicht gesehen, wie traurig er war, als du Nein gesagt hast? Hannah, eine Ehe ist kein Kindergarten."

„Eine Ehe kann auch nur bestehen, wenn es zwei Ehepartner gibt. Und keine Ehe der Welt wird scheitern, nur weil ein Ehepartner sich ausschläft. Der einzige, der sich hier unmöglich aufführt, bist du. Und jetzt gehe ich wieder ins Bett. Vielleicht bist du morgen Früh wieder erträglicher. Gute Nacht!"

Hannah wollte zur Treppe gehen, aber Katharina versperrte ihr den Weg. Katharinas Nasenflügel bewegten sich auf und ab. Mit dem Zeigefinger stach sie nach Hannah und brüllte:

„Das ist mein Haus! Du kannst nicht ewig hier bleiben. Es ist mein Leben. Verschwinde hier! Geh! Geh einfach nach Hause zu deinem Mann!"

Katharina kam noch näher zu Hannah, die sofort nach hinten schritt, um den Abstand zwischen ihnen beizubehalten. Doch Katharina fuchtelte mit ihren Händen und machte einige Drohgebärden in Hannahs Richtung. Kurzerhand entschied sich Hannah für schnellen Rückzug und sagte:

„Ich denke, es ist wirklich besser, wenn ich jetzt gehe!“ Sie lief die Treppe hoch ins Gästezimmer, nahm ihre Aktentasche, warf ein paar Kleidungsstücke in ihren Rollkoffer und verließ mit dem Gepäck das Zimmer.

Die Luft war rein. Und Katharina verschwunden. Hannah atmete aus, als sie sah, dass der Weg zur Haustür frei war. Sie warf alles in den BMW und fuhr los. Zwei Straßen weiter hielt sie am Straßenrand und tippte eine Nachricht an Thomas.

In dieser Nacht verkroch sich Hannah ins Bett und suchte Schutz bei ihrem Mann. Beim Frühstück besprachen beide, wie es nun weitergehen solle. Thomas schlug vor, Hannah könne ins Haus an die Küste fahren, um endlich mal richtig auszuspannen. Er käme am Wochenende nach. Hannah stimmte zu und freute sich auf die entspannte gemeinsame Zeit. So packte sie und fuhr nach Zeeland.

Mit jedem Spaziergang am Meer fielen ein wenig die Strapazen der letzten Wochen von ihr ab. Sie grübelte viel. Versuchte, Antworten zu finden. Mittags aß sie im Strandpavillon. Niemand außer Thomas meldete sich bei ihr. Er schaffte es, früher zu ihr nach Zeeland zu kommen. Von Katharina hörte Hannah nichts und so schrieb sie ihr eine Nachricht:

Liebe Katharina, bin an der See. Hoffe, es geht dir gut? Wenn was ist, melde dich bitte. Vermisse dich, H.

Doch Katharina meldete sich nicht, nicht an diesem Tag, auch nicht an den folgenden. Absolute Funkstille und gerade das machte Hannah unzufrieden. Katharina würde abstürzen. Hannah wusste, sie musste lernen,

Katharina loszulassen. Denn sie konnte nicht ewig bei ihrer älteren Freundin sein und sie auffangen.

Hannah lächelte bei dem Gedanken, dass sie wie Musketiere die Hölle durchschritten hatten. Sie hatten zusammen gekämpft, zusammen geweint und zusammen gewonnen. Das war nun vorbei. Jeder musste seinen Weg finden – in seinem Leben. Hannah stampfte, wie zur Bestätigung, mit dem Fuß, auf den Boden auf. Sie schaute aus dem Fenster, als wenn sie dort irgendwo die Lösung auf all' ihre Fragen finden würde.

Ihre Gedanken sprangen in eine andere Stadt - wie wäre es, woanders hinzuziehen? Oder eine lange Weltreise zu unternehmen? Oder Kinder zu haben? Katharina hatte ihr öfters von ihrer Angst vor der Einsamkeit erzählt. Hannah dachte über so vieles nach, was sich über Wochen in ihr aufgestaut hatte. Würde es ihr auch so gehen, wenn es Thomas nicht mehr gäbe? Was war wirklich wichtig im Leben? Wovon träumte sie? Hannah schlief ein und erwachte erst wieder, als Starkregen gegen die Scheiben des Wintergartens prasselte. Hannah horchte nach Katharina, bis sie merkte, wo sie war, und blieb liegen.

Am nächsten Tag kam Thomas. Sie genoss die erholsame Zeit an der See. Besonders die Tage mit ihrem Mann. So blieb sie noch eine Woche länger dort.

Kapitel 5

Es geht weiter ...

Thomas: Hast du schon die Wirtschaftsseite der Kölner Zeitung gelesen? Bericht über Katharina drin.

Hannah: Oh, schau ich gleich. War walken. Muss duschen. Kuss H.

Hannah rubbelte mit dem Handtuch die Haare trocken, als im Radio die Nachrichten kamen. Sie hörte, wie eine Sprecherin die aktuellen Geschehnisse in und um Köln vorlas. Mit Schwung warf Hannah das Handtuch auf den Badewannenrand und suchte ihre Haarbürste. Die Nachrichtensprecherin sagte:

„Die Farber-Werke werden morgen in der Pressekonferenz Stellung zu den Vorwürfen der Produktpanscherei beziehen. Katharina Farber persönlich wird alle Fragen der Journalisten beantworten. Mehrere Verbraucher beschwerten sich über erhebliche Qualitätsmängel der Farber-Duschgele und erstatteten sogar Anzeige."

Hannah sah in den Spiegel und ihr Spiegelbild schaute sie mit offenem Mund an. Hatte sie das richtig verstanden? Bestimmt nicht, oder doch? Schnell ließ sie die Haarbürste ins Waschbecken fallen und rannte ins Arbeitszimmer.

Sie schob einige Unterlagen zur Seite, um die Tageszeitung zu finden. Aber da war nichts. Mist! Sie lief die Treppen hinunter ins Esszimmer. Dort lag die Kölner Zeitung. Sofort blätterte sie zur Wirtschaftsseite im hinteren Teil. Die Überschrift fiel Hannah direkt auf:

Farber-Werke unter neuer Leitung

Katharina Farber, Witwe des kürzlich verstorbenen Firmeninhabers Justus Farber, hat nun offiziell die Geschäftsleitung der Farber-Werke übernommen. Nach einer langen Phase der Verunsicherung der Mitarbeiter des Familienunternehmens, wie es mit den Werken und den Mitarbeitern zukünftig weitergehe, kehren bald ruhigere Zeiten ein. Die Farber-Werke wurden vom Vater des verstorbenen Justus Farber gegründet. Friedrich Farber fing damals in einer Scheune an, Flüssigkeiten in Flaschen abzufüllen, um sie besser transportieren zu können. Die Produktion wuchs schnell und wechselte den Standort. Sein Sohn übernahm in jungen Jahren das Unternehmen, als sich der heutige Firmenstandort noch in der Bauphase befand. Katharina Farber wird das Unternehmen im Sinne ihres verstorbenen Ehegatten weiterführen.

Direkt unter dem Artikel gab es einen weiteren:

Panscherei bei Farber - Körperpflegemittel stinken zum Himmel - Kunden erstatten Anzeige

Wie wir aus gut unterrichteten Kreisen erfahren haben, liegen der Kölner Staatsanwaltschaft mehrere Anzeigen von Verbrauchern vor, die sich über übelriechende Duschpflegemittelprodukte Hautschäden zugefügt haben. Bisher ist noch unklar, ob es sich tatsächlich um die Duschpflegemittel als Verursacher der Hautschäden handelt. Sicher ist derzeit, dass es mehrere Produktproben aus dem Hause Farber gibt, die übelriechend sind. Nach Auskunft eines Labormitarbeiters könnte es sich hierbei um verunreinigte Produkte handeln.

Hannah hielt sich die Hand auf den Mund. „Oh Scheiße!", murmelte sie, warf die Zeitung zurück auf den Tisch und suchte ihr iPhone. Schnell tippte sie Katharinas Nummer, aber Katharina nahm nicht ab.

Nachricht an Katharina:

Bitte melde dich bei mir. Habe versucht, dich zu erreichen. Danke, H.

Nachricht an Thomas:

Habe beide Berichte gelesen. Sieht nicht gut aus für Farber. Katharina angeschrieben. Wenn Katharina jetzt nicht reagiert, ist die Firma in echten Schwierigkeiten.

Hannah saß auf dem Frisierstuhl, als ihr iPhone klingelte. Sie bat die Friseurin, ihr einen Kaffee zu holen, und nahm das Gespräch an:

„Hi Schatz", sagte Hannah, „gerade ungünstig, bin doch beim Friseur!"

„Du solltest dringend den Fernseher einschalten. Katharina hat einen Tsunami losgetreten!“, sagte Thomas.

„Was ist denn passiert?“

„Bei der Pressekonferenz Anfang letzter Woche hat Katharina gesagt, die Vorwürfe wären alle erstunken und erlogen. Die Produkte aus dem Hause Farber wären top. Wenn die Verbraucher zu blöd wären, die Produkte richtig einzusetzen, wäre das nicht Katharinas Problem. Daraufhin hat ein Reporter noch einmal nachgefragt und sie hat ihm geantwortet, dass die Qualität der Farberschen Produkte schon immer unerreichbar wäre und sie der Maßstab für andere sein sollten.“

„Na ja, Anspruch und Wirklichkeit klaffen halt schon mal weit auseinander!“

„Dieser Reporter hat Katharina anscheinend vorgestern aufgelauert und sie hat ihn mit ihrer Handtasche verprügelt - vor laufender Kamera!“

„Oh nein“, Hannah fasste sich an die Stirn, „das ist Selbstmord!“

„Mein Kollege hat erzählt, das Video würde in den Sozialen Medien geteilt und die Leute würden hämische Kommentare darunter schreiben und dazu aufrufen, Produkte, die Farber abgefüllt hat, nicht mehr zu kaufen.“

„Das ist schon Selbstmord mit Erschießen, Erhängen und dabei Altbier trinken!“

„Hannah, ich weiß, es herrscht Funkstille zwischen dir und Katharina, aber ich denke, sie braucht dich jetzt dringender denn je - falls überhaupt noch irgendwas zu retten ist.“

„Nein, sie hat sich seit Wochen nicht mehr bei mir gemeldet. Ich laufe ihr nicht nach!“

„Jetzt sei nicht immer so stur. Das bringt uns in der Sache nicht weiter!"

„Auf wessen Seite stehst du eigentlich? Ich habe keine Lust, mich auch noch mit dir über Katharina zu streiten."

„Dann lass' es einfach!"

Die Friseurin brachte Hannah ihren Kaffee und fragte: „Haben se gerade von der Sache bei Farbers gesprochen?"

„Warum?", fragte Hannah.

Die Friseurin widmete sich Hannahs Haaren und sagte: „Die Farber fährt die ganze Sache gegen die Wand. Glauben ses mir. So arrogant wie die isch. Ein Kunde von mir arbeitet bei einem Sicherheitsdienst und der hat mir erzählt, die müssen das Grundstück von der Frau bewachen. Die isch mit Eier beworfen worden. Und eine Freundin von mir arbeitete dort über eine Zeitarbeitsfirma als Putzhilfe. Die halbe Zeit stehen die Mitarbeiter in der Kantine, weil se nix zu tun haben. Die Farber will Unkosten sparen, hat se gesagt. Deshalb wird seit einiger Zeit weniger geputzt. Et kütt wie et kütt. Glauben ses mir."

Hannah schwieg. Das konnte doch alles nicht sein! Niemand war so dumm, so mit der Presse umzuspringen … oder doch? Sie überlegte, wie sie das Problem angehen könnte. Mit Katharina reden? Das sinkende Schiff wieder an die Wasseroberfläche hieven? Die Presse besänftigen? Das Echo in den sozialen Medien wieder in positivere Richtungen lenken?

Als Hannah den Friseursalon verließ und sich in ihr Cabrio setzte, tippte sie eine Nachricht an Katharina:

Liebe Katharina, wie geht's dir? Würde mich gern morgen zum Essen mit dir treffen! Viele Grüße H

Auf der Fahrt nach Hause erreichte sie ein Telefonanruf von Frau Henseler. Sofort stoppte Hannah in der nächsten Parkbucht und hörte einen Katastrophenbericht. Katharina hatte es sich nicht nur mit den Pressevertretern verscherzt, sondern mit noch einer ganzen Reihe anderer wichtiger Leute. Unter anderem hatte sie einen Kontrolleur des Gesundheitsamtes des Hauses verwiesen.

Frau Henseler berichtete von den Sparmaßnahmen, weshalb die Reinigungszyklen massiv zurückgefahren wurden. Den Krisensitzungen, weil es erneut Probleme mit stark riechenden Produkten eines Großkunden gab.

Die offiziellen Laboruntersuchungen waren noch nicht da, aber der Verdacht lag nahe, dass es sich diesmal um verkeimte Produkte handelte. Beim letzten Mal war Reinigungsmittel in die Produkte geraten, weswegen Katharina auch die Reinigungszyklen auf ein Minimum gekürzt hatte. Der Großkunde drohte bereits Konsequenzen wegen Vertragsbruchs an.

Hannah wusste, dass das der Untergang der Farber-Werke bedeuten konnte. Die Sekretärin bat Hannah, schnellstmöglich in die Firma zu kommen und mit Frau Farber zu sprechen. „Frau Schuster, das ist ein Hilfeschrei und als solchen müssen Sie das hier auch verstehen", sagte Frau Henseler zum Abschied.

Am Abend meldete sich Katharina:

Hallo Hannah, vielen Dank für deine SMS. Leider habe ich kaum Zeit. Wir können uns gern auf einen Kaffee treffen. 15:00 Uhr im Café Rondell? LG Katharina

Im Café Rondell wartete Hannah bereits eine Dreiviertelstunde. Es war ein kleines Eck-Café mit gemütlichen Ledersesseln an kleinen runden Tischen. Das Café war gut besucht und so reckte Hannah immer wieder ihren Kopf, um nach Katharina zu schauen. Doch die erschien nicht.

So trank Hannah ihren Kaffee aus, bezahlte und ging zur Tür. Eine Gruppe junger Studenten strömte in das Café, sodass sie erst einmal warten musste. Als der letzte Student ihr die Tür aufhielt, kam Katharina.

„Hallo Hannah, schön dich zu sehen", begrüßte Katharina sie und schaute sich im Café um, „voll hier. Hast du keinen Tisch für uns reserviert?"

„Hallo, nein, Reservierungen verfallen hier, wenn man fast eine Stunde zu spät kommt!"

Katharina zog eine Augenbraue über den oberen Brillenrand und sah Hannah an. Seufzte und sagte:

„Na ja, dann hättest du vielleicht etwas zeitiger hier sein sollen? Oder hast du etwa schon einen neuen Job?"

Eine Hitzewallung dehnte sich tsunamiartig in Hannah aus, die fluchtartig das Café verließ, bevor die Welle aufschlug und sie mit sich zog. Sie ging mit langen Schritten in Richtung ihres Autos. Katharinas Mini Cooper parkte hinter ihrem Wagen und versperrte die Ausfahrt.

Hannah schob ihr Kinn vor, pfefferte ihre Tasche durch die offene Autotür auf den Beifahrersitz. Sie drehte zu Katharina, die ihr gefolgt war und sagte scharf:

„Ah, Madame ist auch schon da. Könnten eure gnädige Hoheit bitte so freundlich sein und ihr Fuhrwerk hinfort bewegen. Das gemeine Volk möchte gern seines Weges fahren."

Lächelnd schaute Katharina die beiden Autos und dann Hannah an: „Zu spät kommen und sich dann auch noch in die allerletzte Parklücke quetschen. Hannah, du verlotterst! Sieh zu, dass du wieder ans Arbeiten kommst!"

Hannahs Mundwinkel zuckten, sie lachte und sagte: „Na ja, immer noch weitaus besser, als Reporter vor laufender Kamera zu verprügeln, oder?" Katharina streckte ihren Kopf nach hinten, wobei sich ihr Gesicht rötlich färbte. Sie schloss den Mini auf, stieg ein und fuhr weg.

Hannah sprang im letzten Moment zur Seite, denn sie fuhr auf Hannahs Füße zu. Als sich Hannah umdrehte und ihr nachsah, fiel ihr das Einbahnstraßenschild auf, das in die entgegengesetzte Richtung zeigte.

Beim Abendessen erzählte sie Thomas, was passiert war. Hannah sah die Sorgenfalten auf seiner Stirn, als er ein Resümee aus ihrem Bericht zog:

„Um es auf den Punkt zu bringen: Katharina hat ihre Schachfiguren ins Schach-Matt geführt, läuft wie eine Taube über das Brett und wirft alle Figuren um. Dann kackt sie noch auf das Schachbrett. Und stolziert herum, als hätte sie gewonnen."

Das Kopfkino in Hannahs Gedanken bekam Füße und lief los. Sie biss auf ihre Unterlippe. Ihre Augen füllten sich mit Tränen und sie prustete los. Die Bilder waren einfach zum Schreien. Sie lachte und musste sich den Bauch halten.

„Ja, Arroganz ist die Kunst, auf seine eigene Dummheit stolz zu sein. So traurig das auch klingt, ist aber leider die Wahrheit."

„Siehst du noch eine Chance, die Werke zu retten?"

„Na ja, wenn denn nun die Henseler schon andeutet, dass der Großkunde abspringt, wird sehr wahrscheinlich was dran sein. Sie ist eine der erfahrensten Mitarbeiter im Unternehmen. Sie hat damals beim Vater Farber angefangen. Ich denke, ich kann ihrem Sachverstand da schon vertrauen. Und wenn der Kunde einmal weg ist, wird es ganz schwierig. So schnell kannst du keine Ersatzaufträge akquirieren, die genau die Lücke schließen. Zumal sich das in der Branche sehr schnell rumspricht und das Vertrauen in die Farber-Werke weg ist. Dann kommen die Kosten für die komplette Grundreinigung hinzu sowie die laufenden Lohnkosten, ohne entsprechende Umsätze. So schnell kannst du nicht das Personal reduzieren, wie die Aufträge storniert werden. Ich glaube nicht, dass Katharina in der Lage ist, das Ruder noch einmal herumzureißen. Das Boot, in dem die Belegschaft sitzt, wird wohl vor den Niagarafällen nicht mehr stoppen können. Die Strömung wird immer schneller. Da das Ruder noch zu bewegen, wird nahezu unmöglich."

„Du gehst tatsächlich davon aus, dass die Farber-Werke insolvent gehen?"

Hannah nickte und sagte: „Darauf läuft es letztendlich und mit immer höherem Tempo hinaus … leider."

„Scheiße!"

„Yep!"

„Ist Katharina das klar?"

„Ich denke nicht. Sonst würde sie nicht wie eine Taube auf dem Schachbrett rumlaufen, wie du es so schön formuliert hast. Wenn es ganz knallhart kommt, werden sie ihre Bankkonten und die Häuser pfänden - kommt darauf an, mit wem es sich die Dame noch alles verscherzt oder was sie anstellt!“

Thomas zog sein Handy aus der Hosentasche und wählte Katharinas Nummer. Er verabredete sich mit Katharina und Hannah schaute ihren Mann mit offenem Mund an. „Na los, zieh dich an“, sagte er, „wir fahren in fünf Minuten.“

„Was soll ich dort, bitte schön? ... Es ist vertane Zeit. Sie wird stur ihren Chaosweg weitergehen. Vergiss es einfach.“

„Hannah! Was ist passiert, dass ihr plötzlich nicht mehr miteinander klar kommt?“

„Nichts ... aber was ist passiert, das du dich plötzlich so reinhängst? Kannst du mir das mal bitte erklären?

„Es ist ungerecht gegenüber den Menschen, die von dem Lohn leben müssen, den Katharina jeden Monat bezahlt. Nur weil die Dame blind, taub und dumm ist, müssen nicht andere dafür bezahlen?"

„Oh wie ritterlich, Robin Hood!"

„Sonst noch was?"

Hannah schüttelte den Kopf.

„Gut, dann los jetzt!"

Hannah stieg in Thomas' Golf ein und sie fuhren zu Katharina. Schon lange war Hannah nicht mehr dort gewesen. Und so blieb sie hinter ihrem Mann, um mehr Zeit zu gewinnen.

Hannah rieb ihre feuchten Hände aneinander. Ihre Fußspitzen zeigten nach innen, als sie die Marmortreppe hochging. Sie dachte an den heftigen Streit und ihre

Flucht über diese Stufen. Ihre Lippen wurden trocken und sie fuhr mit der Zunge darüber.

Katharina streckte ihre Hand Thomas entgegen und er schüttelte sie zur Begrüßung. Katharina lächelte und schaute dann Hannah an.

Hannah schaffte es nicht, ihre Augen auf Katharina zu fixieren. Ihre Gedanken zogen die Augen immer wieder umher. Jedes Mal, wenn sie dachte, sie hätte sie, zogen die Gedanken wieder in eine andere Richtung ab. Ihre Beinmuskeln zitterten. Hannah atmete lange aus und zog ihre Schultern hoch. Sie lächelte Katharina an, dabei bebten ihre Mundwinkel vor Anstrengung.

Katharina nahm ihre Hand und schüttelte sie kurz. Hannah spürte Katharinas schlaffe Hand und hätte sie am liebsten umarmt. Aber Katharina zog ihre Hand schon wieder zurück und drehte sich weg.

Hannah hatte auf dem Weg versprechen müssen, sich im Hintergrund zu halten. Thomas wollte das Gespräch führen. Erst wenn er es verbocken würde, dürfte sie es versuchen. Hannah hatte sich ihre mentale Schussweste übergezogen, für den Moment, in dem sie in die Schusslinie geraten würde. Thomas wollte sie raushalten, aber sie kannte Katharina besser. So setzte sie sich nicht zu Thomas auf das Sofa, sondern nahm sich einen Stuhl aus dem Esszimmer und platzierte ihn etwas abseits. Katharina saß ihm gegenüber auf dem Sessel.

Thomas fragte Katharina, wie es ihr gehe und sie lobte ihre Gesamtverfassung. Dann erklärte er Katharina, er hätte auf der Arbeit einen Kollegen, der wirklich sehr engagiert wäre, aber immer wieder Bockmist bauen würde. Seine Kollegen würden nun überlegen, wie sie es dem Kollegen schonend beibringen könnten.

Hannah sah, wie Katharina ihr Kinn nach hinten zog und die Augenbrauen senkte. Thomas beugte sich vor und stützte seine Ellbogen auf die Knie. Er erzählte Katharina von dem Kollegen, der Videos in den sozialen Netzwerken veröffentlichen würde, die ein schlechtes Licht auf die Firma warfen und somit schadeten. Katharina rutschte auf ihrem Sessel rückwärts, richtete sich auf und sah zu Hannah.

„Es geht um die Verkeimung, die durch die mangelnde Reinigung entstanden ist?“, sagte sie und schaute wieder zu Thomas. „Ja, das hätte Hannah so niemals anordnen dürfen. Der Schaden ist weitaus höher als die eingesparten Kosten.“ Hannah zuckte zusammen und tastete ihre Schutzweste mit den Händen ab. Ihr Mund bewegte sich, aber sie sprach nicht. Thomas fand schneller seine Stimme wieder und sagte:

„Nein, Kathar… es ist…“

Hannah beugte sich nach vorn und ihr ausgestreckter Zeigefinger zertrennte die Luft vor ihr, als sie sagte: „Verkeimung ist die Pest und Cholera der Abfüller. Jeder, absolut jeder, weiß, wie wichtig es ist, clean zu jeder Zeit zu sein.“ Ihre Augen verengten sich bei jedem Wort weiter. Sie sprach sie deutlich, sehr deutlich aus. Sie hasste Inkompetenz abgrundtief und sie schlug sich mit der flachen Hand auf ihren Oberschenkel, während sie den Kopf schüttelte.

Thomas ging dazwischen:

„Sparmaßnahmen sind sinnvoll, aber sie dürfen nicht zu Lasten der Sicherheit gehen. Katharina, du hast die Reinigungszyklen verändert, nicht Hannah. Und auch bei dem Umgang mit der breiten Öffentlichkeit ist leider einiges, nennen wir es mal, unglücklich gelaufen. Auch das ist von dir gesteuert worden. Falls du dich daran erinnerst, ist Hannah nach Berlin gefahren, als die ersten Probleme auftraten, und hat den Kunden wieder ins Boot geholt."

Katharina sprang auf. Sie stand, mit den Händen in ihrer Hüfte abgestützt, vor Thomas. Sie öffnete den Mund, doch er sprach weiter:

„Die letzten Wochen und Monate sind nicht spurlos an dir vorbeigegangen. Nimm dir eine Auszeit, flieg' in den Urlaub und lass' das alles hinter dir! Es wird dir gut tun!"

Katharina schüttelte den Kopf und fragte: „Wie stellst du dir das vor? Ich kann nicht einfach alles stehen und liegen lassen und in Urlaub fahren! Neue Aufträge stehen an, Umstrukturierungen müssen gemacht werden und auch im Marketing gibt es einiges zu tun. Es ist alles, viel zu lange, liegen geblieben durch Justus' Abwesenheit."

Hannah öffnete den Mund, aber Thomas war schneller und fragte:

„Ist es nicht eher so, dass die Bänder bald still stehen, weil ein Großkunde droht abzuspringen? Und auch noch Schadensersatzforderungen auf den Tisch bringen wird? Kann es sein, dass die Medien allesamt negativ über die Farber-Werke berichten? Wird es … "

Katharina schritt auf Thomas zu, nachdem sie zuvor ein paar Schritte rückwärtsgegangen war. Ihr Gesicht leuchtete feuerrot und ihre Augen waren nur noch Schlitze. Sie schob sich die Brille hoch und sagte laut:

„Lieber Thomas, vielen Dank für deine Fürsorge. Ich weiß sie zu schätzen und auch, was du in den vergangenen Monaten für Justus und mich getan hast. Es ist mein Unternehmen und ich bin die Geschäftsführerin. Auch wenn Außenstehende nicht alle meine Entscheidungen verstehen, so sind es aber immer noch meine Entscheidungen! Damit ist alles gesagt. Morgen beginnt der Tag für mich bereits sehr früh." Katharina streckte ihre Hand in Richtung Haustür aus.

Thomas seufzte, rieb sich die Handflächen auf den Oberschenkeln und stand auf. Auch Hannah stand auf, wobei Katharina sie beobachtete und nur von Thomas abgelenkt wurde, als er sich verabschieden wollte. Sie ignorierte seine Hand und er ging kopfschüttelnd zur Haustür.

Auch Hannah ging an Katharina vorbei, die sie dabei beobachtete. Hannah bemerkte, wie Katharina ihr folgte, blieb stehen und drehte sich zu ihr um:

„Halt die Ohren steif", sagte sie, „und wenn was ist, melde dich, okay?" Katharina presste die Lippen zusammen und ihre Augen wurden feucht: „Okay." Hannah lächelte, senkte ihren Kopf dabei und ging zum Auto.

Auf der Rückfahrt schaute Hannah aus dem Fenster. Thomas fuhr und schwieg. Sie hatte in Katharinas Augen die Hilflosigkeit, die Angst und die Einsamkeit gesehen, die sie niemals zugeben würde. Sie tat Hannah so unendlich leid. Trotzdem muss sie den ersten Schritt machen.

„Sie muss den ersten Schritt tun."

Hannah hatte nicht zugehört und fragte nach: „Wie bitte?"

„Katharina muss den ersten Schritt tun. Sie hat immer noch nicht begriffen, was auf dem Spiel steht. Und so lange das nicht der Fall ist, wird sich auch nichts ändern!"

„Sie kann es nicht begreifen, weil es einfach unvorstellbar für sie ist, dass die Farber-Werke pleitegehen. Und da diese Möglichkeit nicht existiert, kommt sie auch nicht darauf."

„Also hat unser Gespräch nichts gebracht ..."

Hannah lächelte und sah ihren Mann an: „Doch, es hat viel gebracht."

Drei Tage später saß sie am Schreibtisch und bearbeitete ihre E-Mails. Hannahs iPhone klingelte. Eine Nachricht von Katharina:

Habe gerade Laterne und Schrift für Grabstein ausgesucht. War wieder ein Alptraum. Alles ist ein Alptraum. LG Katharina

Hannah legte ihr Handy zur Seite und schrieb ihre angefangene E-Mail zu Ende. Nachdem sie alle Mails durchgearbeitet, beantwortet oder gelöscht hatte, nahm sie ihr iPhone und antwortete Katharina:

Kopf hoch. Jetzt ist es schon Vergangenheit. H.

Mit der Rückseite des Handys tippte Hannah gegen ihr Kinn. Was sollte sie noch schreiben? Sie zuckte mit den Schultern und schickte die Nachricht ab. Anscheinend erging es auch Katharina so, denn sie antwortete nicht mehr. Nicht an diesem Tage, auch nicht an den nächsten. Es herrschte wieder Funkstille zwischen ihnen.

Hannah stand von ihrem Bürostuhl auf und nahm ihre Tasche. Sie musste los, um sich mit ein paar Kollegen aus der Branche zu treffen. In den letzten Wochen hatte sie ihre Kontakte aufgewärmt, die für die Jobsuche hilfreich sein konnten. Ihre Arbeitstage waren damit ausgefüllt, sich mit ihnen persönlich zu treffen. Gestern war sie im Ruhrgebiet unterwegs gewesen. Heute fuhr sie zum Businessclub auf der Kö nach Düsseldorf.

Im Zug auf dem Rückweg nach Köln klingelte ihr Handy – „unbekannter Anrufer" zeigte das Display an:

„Schuster!", meldete sich Hannah.

„Hallo Frau Schuster, hier Schwester Ina aus dem Krankenhaus Hohenlind. Eine Frau Farber liegt hier auf Station und sie sind als Notfallkontakt eingetragen. Können Sie Frau Farber ein paar Kleidungsstücke bringen?"

„Ja natürlich. Was ist passiert? Wie geht es ihr?"

„Keine Sorge, das kriegen wir wieder hin. Sie ist heute Nacht mit dem RTW mit akuter Atemnot eingeliefert worden."

„Ich bin jetzt im Zug. Sobald ich gleich wieder in Köln bin, komme ich sofort nach Ehrenfeld rüber."

„Machen Sie ruhig. Es eilt nicht. Die Patientin muss noch zu ein paar Untersuchungsterminen."

„Okay, auf welche Station bitte?"

Ein ohrenbetäubendes Quietschen der Zugbremsen übertönte die Antwort der Krankenschwester. Hannah wurde in Fahrtrichtung gesogen, um danach wieder in den Sitz zurückzusinken.

Hannah schüttelte den Kopf und tippte eine Nachricht an Thomas:

Gespräch gut gelaufen. Anruf von Krankenhaus bekommen - Katharina mit akuter Atemnot heute Nacht eingeliefert. Fahre gleich hin. Kuss H.

Antwort von Thomas: Mach' das. Grüße sie von mir. Drücke Daumen. Bist du zu unserem Versöhnungsessen wieder da?

Hannah dachte an den gestrigen Abend. Sie hatte sich fürchterlich mit Thomas gestritten. Danach verbrachte er die Nacht auf dem Sofa.

Die Glocken der Krankenhauskapelle läuteten drei Mal, als Hannah am Hohenlinder Krankenhaus aus dem Taxi stieg. Sie fragte sich zur Station durch und klopfte an Katharinas Krankenzimmertür, drückte die Türklinke zögernd hinunter und ging einen Schritt hinein. Sie öffnete die Tür weiter. Das Bett war zerwühlt. Das Zimmer leer. Hannah hielt den Atem an, starrte auf das Bett und massierte sich ihre Schulter.

„Hannah?"

Sie drehte sich um und sah Katharina in ihrem Krankenhausnachthemd. Katharina streckte ihre Hand aus … zog sie wieder zurück und fragte: „Du bist kreideweiß … was ist los?"

„Nichts! Alles bestens! Wie geht's dir? Was machst du für Sachen?", antwortete Hannah lächelnd.

Katharina ging langsam um das Bett herum und kletterte hinein. Hannah reichte ihr die Decke. Dabei berührten sich ihre Hände. Sie hob ihren Kopf und sah in Katharinas Augen.

Hannah zog einen Stuhl zu sich und setzte sich neben das Bett. Katharinas Hand lag direkt neben Hannahs Hand, ohne sich zu berühren. Sie nahm sie und hielt sie fest. Es dauerte einige lange Sekunden, bevor Hannah die Tränen sah, die in Katharinas Augen aufstiegen. Sie streichelte mit ihrem Daumen über Katharinas Handrücken und die Tränen liefen ihr noch schneller über die Wangen.

Die Krankenzimmertür flog auf und ein weißer Kleiderschrank mit kupferrotem Zopf platzte rein. Fröhlich lachend sagte er zu Katharina:

„Hallo Frau Farber, ich bin ihr Neuer und sorge für frisches Blut in ihren Adern … oh, ich meinte, ich bin Pfleger Dennis. Bisher hatten wir noch nicht das Vergnügen." Dennis passte seine Gesichtsfarbe seiner Haarfarbe an. Die Freundinnen schmunzelten. Zügig zapfte Dennis Blut bei Katharina ab:

„So, jetzt produzieren sie ganz frisches Blut und sind schnell wieder auf der Piste! Einen schönen Tag, die Damen", sagte er, zwinkerte ihnen zu und ging wieder. Als er die Tür geschlossen hatte, lag eine friedliche Stille im Zimmer. Hannah wurde ruhiger und ihr Puls verlangsamte sich.

„Es war schrecklich, heute Nacht alleine zu sein und keine Luft mehr zu bekommen. Ich dachte, ich ersticke. … Niemand hätte es gemerkt, wenn ich …", sagte Katharina. Sie biss auf die Unterlippe und sah aus dem Fenster. Hannah setzte sich wieder zu ihr, nahm Katharinas Hand und sagte:

„Hey, glaubst du wirklich, niemand würde auf dich aufpassen?" Ihr Handy piepste und als sie auf das Display schaute, erschien eine Nachricht von Frau Henseler:

Guten Tag liebe Frau Schuster, ich kann Frau Farber nirgendwo erreichen. Könnten Sie es bitte versuchen? Grüße & Danke, A. Henseler

Hannah lachte, hielt Katharina ihr Display entgegen, als sie sagte: „Das zum Thema, es würde niemand merken! Das glaubst auch nur du!"

„Oh, Mist! Wir hatten heute Morgen eine Sitzung!"

„Ich rufe sie gleich an … du bist außer Dienst!"

„Danke, das ist lieb von dir."

Hannah knickte ihren Kopf leicht weg und wunderte sich über Katharina, die selten so emotional war. Es musste ihr richtig mies gehen.

Hannah fragte: „Was ist eigentlich passiert?"

„Dr. Mikus hat mich vorgestern krankgeschrieben und ich bin trotzdem in die Firma gefahren. Es muss ja irgendwie weitergehen. Gerade jetzt kann ich nicht krankfeiern!"

„Und warum hat Mikus dich krankgeschrieben?"

„Ich habe seit zwei Wochen gar nicht mehr geschlafen. Mein Blutdruck ist viel zu hoch. Und ich habe ständig diese Brustschmerzen. Dr. Mikus will mich in die Kur schicken! Ich kann doch keine drei oder vier Monate einfach in Kur fahren! Wie stellt der sich das vor?"

„Und was ist dann gestern Abend passiert?" Hannah umfasste Katharinas Hand mit beiden Händen.

„Nichts. Ich habe mich ins Bett gelegt und wieder mal versucht, zu schlafen. Irgendwann wurden die Brustschmerzen stärker und ich konnte nicht mehr durchatmen. Es war unerträglich schmerzhaft. Mir wurde schlecht und ich hechelte nur noch. Ich … bekam Panik und rief den Notruf an. Dann weiß ich nichts mehr!“

Hannah beugte sich vor und küsste Katharina auf die Stirn. Als sie sich wieder setzen wollte, griff Katharina nach ihr und Hannah legte ihre Hände auf Katharinas Rücken. Hannah spürte, wie sehr Katharina sie brauchte, und zog sie fester zu sich:

„Wir schaffen das … versprochen“, flüsterte sie ihr zu und setzte sich wieder.

„Ach du immer, mit deinem wir schaffen das! Was schaffen wir denn? Sieh mich doch an! Ich liege hier und die Ärzte wissen nicht, was ich habe! Die Firma läuft auch nicht rund. Geschweige denn, das ich Zeit habe, Justus‘ Sachen auszusortieren oder mein Leben zu ordnen!“

„Katharina, dann denk‘ mal an dich … fahr in Kur und lass‘ alles andere hinter dir! Erhole dich, komm‘ wieder auf die Beine und dann kannst du auch die anderen Probleme alle in den Griff bekommen. Aber momentan kannst du froh sein, überhaupt noch am Leben zu sein!“

„Muss ich das wirklich?“

Hannah runzelte die Stirn und schaute Katharina an. „Was musst du wirklich?“

„Ach nichts!“

Leises Klopfen an der Zimmertür lenkte beide ab. Frau Henseler erschien im Türspalt:

„Guten Tag - darf ich reinkommen?“ Katharina schob sofort Hannahs Hand weg, rutschte in ihrem Bett aufwärts und lächelte mit zuckenden Mundwinkeln ihre

Sekretärin an. Vorsichtshalber war Hannah aufgestanden und lehnte nun an der Fensterbank. Frau Henseler überreichte Katharina einen Strauß bunter Blumen in einer Vase. Dann reichte sie beiden Frauen die Hand, bevor sie sagte:

„Nachdem Sie heute Morgen nicht zur Sitzung erschienen sind, habe ich Ihnen hinterher telefoniert. Bis ich dann hier in Hohenlind fündig geworden bin. Ich hoffe, es geht Ihnen soweit gut?"

Hannah sah mit geneigtem Kopf Katharina an und spreizte dabei ihre ausgestreckten Hände. Katharina schüttelte leicht ihren Kopf, verzog die Mundwinkel und sagte:

„Ehm, ja, ja, soweit gut. Vielen Dank für die Blumen." Sie gab Hannah die Vase, die sie auf den Nachttisch stellte. Frau Henseler schaute von einer zur anderen:

„Prima! Das freut mich!" Alle schwiegen.

Hannah nahm ihre Tasche und sagte: „Gut, ich muss weiter."

Katharina drückte sich auf ihren Fäusten im Bett aufwärts. „Nein!", sagte sie laut.

Hannah zuckte und senkte die Hand mit der Tasche wieder ab. Mit hochgezogenen Augenbrauen drehte sie sich zu Katharina um, die auf die Lippe biss. Frau Henseler schaute von einer zur anderen und wandte sich an Hannah:

„Es ist gut, wenn Sie noch bleiben, Frau Schuster. Irgendjemand sollte die Firma leiten, so lange Frau Farber im Krankenhaus ist. Wie Sie ja sicherlich wissen, sind die Farber-Werke derzeit in stürmischen Zeiten unterwegs und es wäre besser, wenn die Brücke besetzt ist."

Katharina wehrte ab: „Ich bin in ein oder zwei Tagen wieder im Büro und alles läuft seinen gewohnten Gang."

„Ach Katharina, jetzt hör' bitte mal mit dem Scheiß auf! Mikus hat dich krankgeschrieben! Du sollst in Kur! Aber nein, Madame Dickkopf muss ja weiter machen und bumms landet sie im Krankenhaus. Wie viele Warnschüsse brauchst du noch?" Hannah presste ihre Hände in die Hüfte und schob ihr Kinn weit vor, als sie Katharina ansah.

Die rutschte im Bett hin und her und winkte dann ab: „Das wird schon alles werden. Übermorgen bin ich wieder in der Firma!"

„Dann will ich meine Zeit hier nicht länger verschwenden." Wieder nahm Hannah ihre Tasche und wollte gehen, als Frau Henseler sich ihr in den Weg stellte.

„Meine Damen, die Lage ist zu ernst, als dass wir noch darüber streiten könnten!" Beide Frauen sahen Frau Henseler an, die fortfuhr: „Sie, liebe Frau Farber, sollten jetzt erst einmal an sich denken. Gehen Sie bitte in Kur. Ihr Mann hätte Ihnen diesen Rat auch gegeben. Und Sie, liebe Frau Schuster, könnten Frau Farber in dieser Zeit vertreten. Dann wäre uns allen geholfen! Frau Farber kann in Ruhe wieder gesund werden und die Farber-Werke haben eine Kapitänin, die sie durch die stürmische See lenkt."

„Ihr Vorschlag in Ehren, aber ich glaube nicht, dass Katharina möchte, dass ich sie in den Farber-Werken vertrete …"

„Vielleicht ist das besser so …", flüsterte Katharina, die mit gekreuzten Unterarmen aus dem Fenster in Richtung Himmel blickte. „In den letzten Monaten ist viel passiert, zu viel."

Frau Henseler und Hannah sahen sich an und dann Katharina. Die schaute aus dem Fenster und sagte leise: „Könntet ihr mich bitte alleine lassen, ich muss jetzt endlich schlafen."

Frau Henseler stand auf, nickte Katharina zu und verließ den Raum. Hannah trat ans Bett, streichelte über Katharinas Oberarm, beugte sich über sie und küsste sie auf die Stirn. Sie sagte ihr:

„Ich komme heute Abend noch einmal und bringe dir deine Klamotten vorbei. Halt die Ohren steif!"

„Ja, mach das."

Als Hannah auf den Krankenhausflur trat, wartete Frau Henseler mit etwas Abstand zum Zimmer. Hannah ging zu ihr und fragte: „Gehen wir noch einen Kaffee trinken?"

„Ja, gern."

Beim Kaffee erzählte Frau Henseler ihr die jüngsten Entwicklungen in der Firma. Hannahs Mundwinkel senkten sich immer mehr. Renetaldo stornierte tatsächlich seine Aufträge bei Farber, meldete Schadensersatz an und verweigerte die Bezahlung der bereits abgefüllten Produkte.

Frau Henseler teilte ihr mit, die Produktion hätte nur noch für sechsunddreißig Stunden Arbeit. Dann würden die Bänder still stehen. Weil auch keine neuen Flüssigstoffe oder Produktflaschen einträfen, wurde die Belegschaft unruhig. Der Vertrieb arbeite mit Hochdruck, aber es wären so schnell keine Aufträge in Sicht.

Hannah sagte nach einer Pause: „Es ist also ernster als ich vermutet hatte."

„Ja, die Lage ist ernst. Annähernd aussichtslos."

„Nein, das ist sie erst, wenn wir verloren haben. Jetzt bleibt uns noch der Kampf."

„Ihr Wort in Gottes Ohr!"

„Was hätte Justus getan?"

„Er hätte gekämpft."

Hannah schaute auf ihre Handyuhr, stand auf und sagte zu Frau Henseler: „Also, was sitzen wir hier noch rum. Können Sie bitte die Abteilungsleiter informieren, dass wir uns in zwei Stunden in der Firma treffen? Können Sie bitte auch für warmes Essen, Getränke und Snacks sorgen? Am besten für jeden sein Lieblingsgericht oder so. Sie wissen, was ich meine?" Frau Henseler nickte.

„Ja, ich kümmere mich sofort darum. Ich hatte eh noch nichts vor heute Abend."

„Wir werden in der nächsten Zeit sicherlich einige Abende in der Firma sein, aber es zahlt sich am Ende hoffentlich für uns alle aus!"

„Das wird es. Da bin ich mir sicher!"

Die Bäume auf der Militärringstraße huschten nur so an Hannah vorbei. Aus der Freisprecheinrichtung ertönte ein Freizeichen, bis Jasmina sich meldete:

„Hallo Hannah, wo treibst du dich rum?"

„Hallo Jasmina, ich bin gerade im Auto unterwegs. Können wir uns heute Abend kurzfristig treffen? Ich habe ein Jobangebot für dich."

„Gott sei Dank rufst du an. Ich habe es mit diesem Arsch einfach nicht mehr ausgehalten. Gestern habe ich gekündigt … dieser Georgio Sandoz wollte mir an die Wäsche!"

„Was? Hast du das gemeldet?"

„Ja, aber er hat alles abgestritten und dann stand Aussage gegen Aussage."

„Soviel ich weiß, ist unser lieber Georgio schwul."

„Ist er ja auch. Meine Pumps gefielen ihm. Er hat mich immer wieder darauf angesprochen und plötzlich waren sie weg."

„Was", Hannah brüllte vor Lachen in die Freisprecheinrichtung, „er hat dir die Pumps geklaut?"

„Ja, anscheinend, sie standen in seinem Büro und er hatte ein Hosenbein in der Socke stecken. Es war zum Schreien."

„Das glaube ich gern!"

„Na ja, die von der Ethikinterventions-Abteilung eben nicht. Deshalb habe ich gestern gekündigt. Seit heute bin ich freigestellt ... wegen Vertrauensbruch oder wie sie das genannt haben."

„Diesen Georgio Sandoz schickt der Himmel!"

„Hannah, alles okay mit dir?"

„Jaha, wir müssen die Farber-Werke retten und ich brauche dich als Unterstützung."

„Ich habe schon gehört, dass die Kacke dampft."

„Die dampft nicht mehr, die brennt schon. Wann kannst du in die Firma kommen?"

„Jetzt?"

„Geht es nicht schneller?" Hannah lachte laut.

„Schön, dass wir wieder ein Team sind. Bin unterwegs!"

Hannah fuhr zu Hause vorbei, holte ihr MacBook und Unterlagen. Dann legte sie ihrem Mann einen Zettel auf den Küchentresen:

„Bin in der Firma. Versuche zu retten, was zu retten geht. Jasmina ist mit an Bord. Wird spät werden! Können wir unser klärendes Gespräch verschieben? Kuss H."

Als Hannah um halb sieben auf das Firmengelände fuhr, sah sie bereits mehrere Autos neben dem Eingang stehen. Sie parkte ihr offenes Cabrio und hinter ihr kam der Caterer angefahren. Frau Henseler eilte zu ihm und Hannah hörte sie rufen: „Ihre Assistentin ist auch schon da. Sie wartet in Ihrem Büro auf Sie!" Hannah hob zum Dank die Hand und freute sich darüber, was für ein Schatz ihre Assistentin doch war.

Im Büro angekommen, schloss Hannah die Tür und begrüßte Jasmina mit einer herzlichen Umarmung. Sofort erklärte sie ihr die Gegebenheiten. Jasmina kritzelte ihren Schreibblock voll. Hannah hörte an Jasminas Zwischenfragen, dass sie im Thema angekommen war und entwickelte erste Ideen mit ihr. Sie lachten, analysierten Zahlen und diskutierten über die Zielrichtung des anstehenden Gespräches. Dann packten sie die Unterlagen, um zu den Kollegen in den großen Besprechungsraum zu gehen.

Als Hannah den Raum betrat, waren alle Stühle mit Abteilungs- oder Ressortleiter besetzt. Frau Henseler informierte die Kolleginnen und Kollegen über Katharina Farbers mehrmonatige Abwesenheit aus gesundheitlichen Gründen. Hannah erklärte, sie habe heute Nachmittag die Aufgabe der Geschäftsführung für die nächsten Monate übernommen. Sie stellte Jasmina vor und wünschte allen eine gute Zusammenarbeit. Hannah bat auch um Verständnis für Katharina Farbers Situation. Sie schlug die Unterlagen auf, die sie mit Jasmina angesehen hatte, stellte Fragen und klärte Fehlerquellen mit den Kollegen.

In der Pause aßen sie gemeinsam. Die Stimmung wurde weniger förmlich. Hochgekrempelte Ärmel; Anzugjacketts und Seidenschals hingen über Stuhllehnen. Gegen elf Uhr dankte Hannah für die konstruktive Zusammenarbeit und entließ alle in die Nacht. Sie hatte allen klar gemacht, wie brisant die Situation war und wie sie als Team noch gewinnen konnten. Als Frau Henseler Hannah eine Unterschriftenmappe für Katharina gab, fasste sie sich an die Stirn. Hannah hatte vergessen, Katharina am Abend die versprochene Kleidung zu bringen und jetzt war es schon zu spät. Aus dem Auto rief sie auf der Station an und fragte nach Katharinas Zustand.

Am nächsten Morgen fuhr Hannah zum Farberschen Anwesen und holte Katharinas Kleidung. Kaum hatte sie die Tür zum Krankenzimmer geöffnet, sah sie, wie Katharina sich aufrichtete und Hannah anlächelte.

„Hey, guten Morgen, du siehst heute schon um Welten besser aus als gestern", rief sie, setzte sich aufs Bett und umarmte Katharina. Hannah spürte Katharinas Kopf auf ihrer Schulter.

„Mir geht es auch besser. Seit Langem habe ich wieder geschlafen. Wie lange, weiß ich nicht, aber die Nachtschwester meinte, es wären ein paar Stunden gewesen. Sie hat mir erzählt, dass du angerufen hast. Wo warst du so lange?", fragte Katharina.

Hannah biss sich auf die Unterlippe, sah Katharina in die Augen und küsste sie auf die Stirn.

„Na, dann kannst du ja bald in Kur fahren."

„Willst du mich etwa loswerden?"

„Hm, unter diesem Aspekt habe ich das noch gar nicht betrachtet!“ Hannah spürte Katharinas leichten Faustschlag in ihrer Seite. Hannah zuckte zur Seite, wehrte sich und Katharina versuchte es wieder. Sie lachten - Hannah konnte es nicht glauben, aber sie lachten zusammen. Katharina legte ihren Kopf in den Nacken und lachte. Hannah tat es gut, mit Katharina so ausgelassen zu lachen.

Doch die Zeit drängte und Hannah zog die Unterschriftenmappe aus ihrer Tasche. Katharina starrte, wie eine versteinerte Maske, auf die Mappe. Mit zitternder Hand nahm sie die Mappe und unterschrieb die Dokumente, ohne ein Wort zu sagen.

Hannah steckte die Mappe in die Tasche und streichelte Katharina in der Hoffnung, sie aus ihrem Schneckenhaus locken zu können.

„Halt die Ohren steif! Ich komme heute Nachmittag auf dem Rückweg von der Firma wieder vorbei. Ist das okay?“, fragte Hannah.

„Ja, das wäre schön.“, sagte Katharina, „Bella will heute Vormittag kommen. Dann kann ich mich danach ausruhen.“

„Haben die Ärzte mittlerweile rausgefunden, was du hast?“

„Nein. Hannah?“

„Ja?“

„Halt die Ohren steif!“

Sie lächelte Katharina nickend an und schloss die Tür.

Hannah eilte in die Farber-Werke. Ihre Assistentin saß mit T-Shirt, Shorts und Flipflops in ihrem Büro. Sie installierte ihr MacBook und iPad.

Die Schnelligkeit ihrer Assistentin verblüffte Hannah immer wieder.

„Chefin, ich habe mir ein paar Gedanken über unsere mögliche Strategie gemacht!“, sagte Jasmina.

„Oh, dann her damit.“, antwortete Hannah, „Wir brauchen jede gute Strategie, die funktioniert.“

„Gib mir noch eine Viertelstunde, dann bin ich präsentabel und habe meine Gedanken geordnet.“

„Gut, dann gehe ich mir einen Kaffee holen.“

„Schon da, Frau Henseler hat dir alles auf den Tisch gestellt.“

„Hm, ich mag es, so verwöhnt zu werden. Hebt die Arbeitsmoral enorm!“

Kapitel 6

Vier Monate später

Draußen wirbelte ein Schneegestöber. Hannah war froh, in ihrem warmen Büro zu sitzen, als Jasmina an der Tür klopfte und sagte:

„Guten Morgen Chefin! Heute wird ein Siegertag!"

„Jasmina, lass' das bitte mit der Chefin!", ermahnte sie Hannah.

„Jawohl Chefin!"

„Jas_mi_na!"

„Ist ja gut. Frau Henseler hat mir geflüstert, dass sich unsere finanzielle Lage weiter entspannt. Die Zahlungen der Weiss-Gruppe sind eingetroffen. Sie wollte in der Buchhaltung nach den genauen Daten fragen und sie uns gleich mitteilen."

Hannah grinste ihre Assistentin an und hob ihre Hand mit dem gestreckten Daumen.

„Gestern musste die Auftragsakquise einen Auftrag ablehnen, weil wir ihn nicht abfüllen können."

„Warum können wir das nicht?"

„Wir sind mit zwei Schichten komplett belegt."

„Dann kläre bitte ab, ob die Mitarbeiter an der besagten Linie bereit sind, eine Zeitlang drei Schichten zu fahren. Es wird zwar teurer, aber wir brauchen die Aufträge, um unsere Leistungsfähigkeit in der Branche unter Beweis zu stellen!"

„Verstehe jetzt nicht, was du meinst, Chefin?"

„Die Nachtschicht ist teurer als die Tagschicht. Aber die Mehrkosten lohnen sich, wenn sich dadurch in der Branche rumspricht, das wir auch rund um die Uhr liefern können. Das macht uns für Renetaldo wieder interessant. Die suchen gerade händeringend nach einem Abfüller … nach dem Brand bei FlexPackaging."

„Hm, verstehe. Ich kläre das ab." Hannah hörte Schritte und Frau Henseler erschien mit den aktuellen Zahlen der Buchhaltung:

„Sie haben es geschafft", sagte sie strahlend, dabei riss sie beide Arme hoch, „wir können diesen Monat wieder die vollen Gehälter auszahlen." Frau Henseler tanzte.

Hannah lachte, lehnte sich in ihrem Schreibtischstuhl zurück und sagte:

„Frau Henseler … wenn schon … wir! Wir haben es geschafft! Ich allein kann hier nicht viel ausrichten. Können sie vor der Mittagspause eine kleine Informationsrunde im Werk organisieren? Ich möchte gern die Belegschaft darüber informieren, bevor es Gerüchte gibt."

„Ja, klar. Hat sich Frau Farber bei Ihnen gemeldet?"

„Nein, warum?"

„Sie müsste doch aus der Kur mittlerweile wieder zurück sein?"

„Stimmt. Ich rufe sie gleich mal an. Danke für die Erinnerung."

Nickend und lächelnd sah sie Frau Henseler ihr Büro verlassen. Jasmina kam zurück und sagte:

„Nach den schlechten Monaten sind die Mitarbeiter heiß auf Überstunden. Sie brauchen das Geld. Alle haben sofort zugesagt inklusive dem Betriebsrat. Die dritte Schicht geht klar. "

„Prima. Was machen unsere Werbe-Botschafter?"

„Läuft. Bis auf einen konnten alle Influencer unsere Produktlinien pushen."

„Was ist mit dem einen?"

„Er konnte mit den Produkten nichts anfangen und hat es abgelehnt."

„Okay, kann ich mit leben."

„Der Werbespot-Baukasten wurde in der letzten Woche zehn Mal so häufig angeklickt wie in der Woche davor. Auch das läuft, Chefin!"

„Und Soziale Medien insgesamt?"

„Wir müssen noch etwas an den Reaktionszeiten arbeiten. Zweieinhalb Stunden bis wir antworten ist einfach noch zu lang."

„Woran liegt es?"

„Das kläre ich gerade."

„Perfekt!"

„Unsere Wäschepflegeprodukte werden ab nächstem Quartal in den Drogeriemärkten der Weiss-Gruppe gelistet. Damit wären es schon zwei Ketten, die unsere Eigenentwicklung gekauft haben."

„Drei - hier ist noch ein Auftrag!"

„Das ist eine Serviette, Chefin, oder?"

„Beim Chinesen gab es gestern Abend keine Bierdeckel, da musste die Serviette herhalten. Besser als nichts."

„Chefin, du bist einfach genial. Was heißt das hinter der drei?"

„Millionen"

„Drei Millionen Flaschen? Hohohoo, ich sagte doch, heute wird ein Siegertag!"

Kurz vor der Mittagspause sprach Hannah zur versammelten Belegschaft. Sie sah die Erleichterung in vielen Gesichtern. Sie hatten es alle zusammen geschafft, das Schiff aus dem Sturm in ruhigeres Fahrwasser zu lenken. Hannah wies darauf hin, nicht locker zu lassen und dass alle zusammen noch mindestens sechs Monate in diesem Ausnahmezustand weiterarbeiten müssten. Erst dann könnten sie eine sichere Bucht erreichen. Sie dankte allen, für den Zusammenhalt der Mannschaft, der Treue gegenüber den Farber-Werken und den Arbeitseinsatz jedes Einzelnen. Die anwesenden Mitarbeiter klatschten. Hannah sah eine Kollegin, die die anderen Kollegen bat, leise zu sein. Sofort verstummte das Geklatsche. Sie wandte sich an Hannah und erklärte:

„Wir müssen auch Danke sagen. Sie hatten den Mut, mit uns diesen harten Weg zu gehen. Danke!"

Hannah hörte tosenden Applaus und winkte lachend ihren Leuten zu: „Also lasst uns weitermachen!"

Seit dem Morgen schneite es und auch jetzt fielen die Flocken im Scheinwerferlicht. Hannah lächelte immer noch. Es war ein schönes Gefühl, dem Ziel so nah zu sein.

Als sie ihre Haustür aufschloss, roch es wunderbar aus der Küche. Ihr Lieblingsehemann brutzelte Schnitzel in der Pfanne. Auf dem Tisch entdeckte sie den Kartoffelsalat. Sie rief nur:

„Schatz, du bist klasse. Perfekter kann so ein Tag gar nicht enden."

„Na dann!", sagte Thomas und zwinkerte Hannah zu.

Unter ihren Füßen knackte der gefrorene Schnee und das Garagentor knarzte vor Kälte. Auf dem Weg ins Büro sang Hannah die Radiosongs mit. An den Ampeln nahm sie ihre Hände dazu und erntete komische Seitenblicke aus den Nachbarautos. Sie grinste und winkte, während sie weiter sang.

Im Büro steckte sie Jasmina und Frau Henseler mit ihrer ausgezeichneten Laune an. Einige Termine standen für sie heute auf dem Programm. Unter anderem mit dem Parfümeur. Sie wollte eine neue Männer-Körperpflegemittel-Linie entwickeln und brauchte neue Düfte dafür. Davor musste sie zur Betriebsbesprechung, die mittlerweile keine Katastrophensitzung mehr war.

Hannah packte ihre Tasche, als jemand an den Türrahmen ihres Büros klopfte. Sie schaute auf und sah Katharina.

Sofort ließ sie alles in der Hand auf den Schreibtisch zurücksinken. Sie ging zu ihr und fragte: „Hey, warum hast du nicht angerufen? Wir hätten doch schön was zusammen essen gehen können? Gut siehst du aus!"

„Danke sehr. Mir geht es auch gut.", sagte Katharina und wich Hannah aus. Die ließ ihre ausgestreckten Hände sinken und fragte enttäuscht:

„Was kann ich für dich tun?"

„Es hat gut getan, so lange von allem weg zu sein!"

„Das glaube ich gern. Möchtest du einen Kaffee? Oder ein Glas Wasser? Setz' dich doch!"

Hannah zeigte auf den Besucherstuhl am Besprechungstisch. Doch Katharina blieb stehen. Das verwirrte Hannah, die sich freute, Katharina zu sehen.

„Nein, Danke! Ich möchte es kurz machen … in der Kur hatte ich viel Zeit zum Nachdenken. Und ich möchte mich nicht durch Geschäftsberichte, Monatsstatistiken oder Vertragswerke quälen. Ich möchte schreiben, Bücher schreiben. Das liegt mir, das kann ich. Deshalb habe ich mich entschlossen, die Farber-Werke zu verkaufen."

„Wie bitte?"

„Ich werde die Farber-Werke verkaufen."

„Das kannst du nicht machen!"

„Natürlich kann ich das! Es ist mein Unternehmen und ich kann damit machen, was ich will!"

„Nein, kannst du nicht. Es hängen verdammt viele Menschen daran. Und die haben sich in den letzten Monaten einiges aufgebürdet, damit der Laden hier überhaupt überlebt. Jetzt kommst du, frisch erholt aus der Kur, ohne zu wissen, was hier eigentlich los ist und willst, einfach so, alles verkaufen!"

„Ja, genau, einfach so! Dann bin ich das hier alles los!", sagte Katharina und zeigte dabei im Raum umher.

„Katharina! Hat dich irgendwann in den letzten Monaten interessiert, wie es uns hier geht? Ob wir überhaupt noch existieren?"

„Nein."

„Es interessieren dich auch nicht die neuesten Zahlen?"

„Nein."

„Aha."

„Ich will einfach nur verkaufen und wieder meine Bücher schreiben. Ganz einfach!"

„Aha. Ganz einfach ... Es gibt hier Menschen, die haben nicht nur Herz, die haben auch Verstand. Wir sind auf dem besten Wege wieder in die Gewinnzone. Wir haben neue Düfte und Produktlinien entwickelt, unser Marketing läuft. Wir konnten die Weiss-Gruppe als Kunden gewinnen. Renetaldo kommt wahrscheinlich wieder zurück. Wir fahren an einer Abfülllinie im Drei-Schicht-Betrieb, weil wir es sonst gar nicht mehr schaffen würden. Wir hier in den Farber-Werken haben in den letzten Monaten verdammt hart gekämpft und das lassen wir uns jetzt nicht so einfach von dir kaputt machen. Ist das klar?"

„Das mag alles sein, aber es ändert nichts an meiner Entscheidung! Je besser die Werke laufen, desto besser für den Verkaufswert!"

„Katharina! Du kannst den Laden hier nicht einfach verkaufen, weil dir heute danach ist! Das hier ist keiner deiner Monalisa-Romane. Das hier ist das Lebenswerk von Justus und seinem Vater. Es wäre auch nicht in ihrem Sinne gewesen, die Firma einfach so zu verkaufen!"

„Es wäre auch nicht in ihrem Sinne gewesen, dass ich die Firma leite. Ich kann das nicht und ich will es auch nicht mehr!"

„Aber wir wollen! Und wir können! Alle Mitarbeiter da draußen an den Abfülllinien, in der Verwaltung, an den Herstellkesseln oder im Labor. Alle! Ausnahmslos alle haben ihren Beitrag geleistet, die Farber-Werke zu retten! Und was hast du getan?"

„Ich versuche den bestmöglichen Verkaufspreis dafür zu bekommen. Dann muss ich mich auch nicht mit dir streiten, über Dinge, die dich nichts angehen. Es ist meine Firma und die Farber-Werke heißen wie ich!"

„Nur weil man den gleichen Namen trägt, hat man nicht den gleichen Mumm oder die gleiche Kompetenz!"

„Hannah, es reicht jetzt! Es ist meine Firma und ich verkaufe sie, ob es dir nun gefällt oder nicht!"

„Das wirst du nicht tun!"

„Und ob ich das tun werde. Du kannst mich nicht davon abhalten!“

„Dann werde ich dafür sorgen, dass du keinen müden Cent für die Firma bekommst.“

„Drohst du mir etwa? Dann sehen wir uns eben vor Gericht! Vielleicht können wir dann noch die Schadensersatzhöhe beziffern lassen, die den Schaden abdeckt, den du durch deine Fehlentscheidung angerichtet hast. Verkeimung ist kein Kinderspiel!“

„Haha, das sagt die Richtige. Na Gott sei Dank gibt es genug Leute, die dein geschäftsschädigendes Verhalten bezeugen können. Zumal das alles dokumentiert ist, falls dir das entgangen ist. Du begibst dich auf ganz, ganz dünnes Eis mit solchen schwerwiegenden Vorwürfen, Katharina. Und das weißt du!“

„Die Farber-Werke werden verkauft. Punkt!“

„Das ist einfach nur dumm, töricht und kurzsichtig! Du kannst mehr damit verdienen, wenn die Firma gut läuft.“

„Das Geld brauche ich nicht. Meine Bücher verkaufen sich gut. Meine Entscheidung steht.“

„Katharina! Unsere Leute vertrauen auf eine Zukunft bei Farber. Wenn du die Firma verkaufst, werden hier viele ihren Job, ihr Leben und ihre Familie verlieren.“

„Das ist mir egal. Mich hat auch keiner gefragt, ob ich mein Leben verlieren will.“

„Also es ist nicht das Geld, was ist es dann? Eifersucht, weil es hier besser läuft als vor einem halben Jahr? Ist es das, gekränkte Eitelkeit? Katharina! Lass uns durch die Firma gehen, sprich mit den Leuten! Du kannst so nicht mit ihnen umgehen.“

„Anscheinend hörst du mir nicht zu! Ich habe dich lediglich darüber informiert, dass die Firma verkauft wird. Da ich die Eigentümerin bin, kann ich das nach Belieben entscheiden. Deine Zustimmung brauche ich dazu nicht. Deshalb brauche ich das auch mit dir nicht zu diskutieren. Es wird verkauft. Punkt."

„Aha. So lange die Firma nicht verkauft ist, bin ich hier die Geschäftsführerin und für alles verantwortlich. Und so lange werden wir hier erfolgreich arbeiten! Den Schlamassel, den du hier verursacht hast, hat dem Unternehmen ganz schön zugesetzt. Anscheinend war die Kur nicht lang genug, um auch mal über diesen Punkt ausführlich nachzudenken … Ich hätte mir unser erstes Treffen, nach so langer Zeit, auf einer anderen Basis gewünscht. Wo ist die Katharina geblieben, die mit mir durch die Hölle gegangen ist, die mir vertraut hat und mich an ihrer Seite wollte? Wenn du die Firma verkaufst, verkaufst du auch mich. Ist dir das klar?"

„Was hat das eine mit dem anderen zu tun? Es geht hier um den rein geschäftlichen Vorgang des Verkaufens. Es werden keine Menschen verkauft …"

„Katharina verlasse bitte mein Büro und denk noch einmal ganz genau nach, was du da wirklich tust und vor allem warum!"

„Sprich nicht in diesem Ton mit mir. Ich könnte deine Mutter sein und erwarte etwas mehr Respekt von dir. Ohne mich hättest du diese Position nicht. Du solltest mir dankbarer sein!"

„Aha. Was ist denn mit deinem Respekt? Mit deiner Dankbarkeit? Hm? Alles schon vergessen?"

„Hannah! So lasse ich nicht mit mir reden! Es wird verkauft. Aus!"

Katharina stöckelte mit erhobenem Kinn aus dem Büro. Hannah stand am Fenster und schaute Katharina lange nach, wie sie in ihren Mini Cooper stieg, davon brauste, nicht ohne einem anderen Autofahrer die Vorfahrt zu nehmen. Hannah schüttelte den Kopf und versuchte zu verstehen, was passiert war. Ihr Puls rauschte in ihren Ohren. Sie hob die Hände auf ihren Kopf, ging ein paar Schritte im Büro auf und ab.

Frau Henseler kam herein: „Einen Kaffee, mit Milch und viel Zucker?" Hannah drehte sich um und lächelte mit zuckenden Mundwinkeln: „Gern."

Frau Henseler kam näher zu Hannah und gab ihr die Tasse: „Ihr Streit mit Frau Farber war leider nicht zu überhören."

„Oh … ja … klar." Hannah nickte und nippte an dem Kaffee. Die Wärme tat gut, richtig gut.

„Wie geht es jetzt weiter?"

Hannah sah ihre Sekretärin an und lächelte: „So wie gehabt. Katharina muss erst einmal einen Käufer finden. Wenn sie das so angeht, wie alles andere, haben wir gute Chancen, dass uns keiner will." Doch Frau Henselers Sorgenfalten auf der Stirn waren deutlich zu sehen. Hannah klopfte ihr leicht auf die Schulter und sagte: „Wir haben hier schon anderes überstanden. Dann werden wir auch das schaffen."

„So oder so ähnlich hätte es Herr Farber senior auch formuliert. Sie haben einen Termin mit dem Parfümeur …"

„Stimmt, vielleicht hat er Stinkbomben im Angebot, die wir Katharina beim nächsten Mal vor die Füße werfen können!"

„Frau Schuster!"

Hannah sah Frau Henselers erhobenen Zeigefinger und zwinkerte ihr zu.

„Frau Henseler?"

Beim Abendessen erzählte Hannah ihrem Mann von Katharinas Besuch und dem Verkauf der Farber-Werke. Thomas sah sie entgeistert an.

„Das wäre dumm und der falsche Zeitpunkt. Hat sie nicht die aktuellen Zahlen gesehen?"

„Nein, sie will keine Zahlen mehr sehen. Nur noch Buchstaben im Monalisa-Stil."

Thomas senkte den Kopf, während er laut ausatmete: „Mal abwarten, vielleicht haben deine Argumente doch irgendetwas bei ihr erreicht. Sie beruhigt sich schon wieder."

„Ja, vielleicht … vielleicht hast du recht!"

„Ich habe aber keine Lust, jetzt wieder dauernd über Katharina und ihre neuesten Attacken zu sprechen. Es hat unserer Ehe nicht gut getan. Jetzt geht das wieder los."

„Wenn dich mein Leben nicht interessiert, müssen wir es eben lassen."

„Nur weil ich über Katharina nicht dauernd diskutieren will, bedeutet das nicht, dass mich dein Leben nicht interessiert! Schließlich bin ich auch ein Teil deines Lebens!"

„Vielen Dank für die Erinnerung. Ein Teil meines Lebens gehört dir, das andere beansprucht Katharina. Was bleibt da bitte schön noch für mich übrig?"

„Genug, wenn du deine Zeit nicht dauernd damit verschwendest, dir Gedanken über Katharina zu machen!"

„Mach' ich aber. Und das gehört jetzt nun einmal auch zu meinem Leben dazu. Ich habe das Recht, mir Gedanken zu machen … egal wann … egal über wen!"

„Dann behellige mich bitte nicht mit deinen Gedanken! Es sind deine - nicht meine!"

„Und genau das ist der Punkt - du interessierst dich nicht für mich."

„Hannah, das ist Blödsinn und das weißt du auch!"

„Ach ja … Blödsinn also? Und warum lacht dann keiner drüber? … Vielleicht sollten wir wirklich mehr Grenzen ziehen. Vielleicht sollten wir uns eine Auszeit nehmen?"

„Was soll das jetzt?"

„Du möchtest mehr Trennung! Dann sollten wir konsequent sein und gehen einfach für einen gewissen Zeitraum getrennte Wege und schauen was passiert?"

„Das ist jetzt ein Scherz, oder?", sagte Thomas und starrte sie mit hochgezogenen Augenbrauen an.

Doch Hannah schüttelte nur verneinend den Kopf, während sie auf die Lippen biss. Fast brüllte er:

„Das kommt überhaupt nicht in Frage. Wir müssen das auch anders hinbekommen!"

„Aha. Und wie?"

„Wir reden einfach nicht mehr über Katharina!"

„Prima, damit wären ja alle Probleme gelöst!"

Hannah lief durch das Haus – hin und her – wie ein Raubtier im Zoo. Thomas blieb in seinem Büro. In dieser Hinsicht waren sie Gegensätze.

Nach dem Abendessen spazierte Hannah noch eine Runde durch die eisige Kälte. Sie brauchte frische Luft und etwas Bewegung, um Energie für den nächsten Tag zu sammeln. Sie marschierte eher über die Feldwege, die in der Nähe ihres Hauses lagen.

In dieser Nacht schlief Hannah nicht. Warum war Katharina so stur und so engstirnig? Sie fand keine Antwort darauf. Katharinas Verhalten war einfach nicht erklärbar, geschweige denn zu verstehen. Und jetzt fing auch noch Thomas an, sonderbar zu werden. Konnten beide nicht einfach ganz normal sein? Am nächsten Morgen quälte Hannah sich aus dem Bett. Sie sah ein fürchterliches Spiegelbild und seufzte.

Der Vormittag im Unternehmen lief durchwachsen für sie. Hannah war unkonzentriert und genervt. Jasmina und Frau Henseler strengten sich an, um Hannah zu unterstützen. Aber nach der Mittagspause empfahlen sie ihr, nach Hause zu fahren und sich auszuschlafen. Sie müsste sonst den morgigen Vormittag nutzen, um alles erneut zu bearbeiten, was sie heute vermasselt hätte. Hannah packte ihre Sachen und fuhr nach Hause. Vor ihrem Haus parkte Thomas' Auto.

„Liebes, was machst du schon hier?"

„Die haben mich nach Hause geschickt. Ich bin zu müde zum Denken!"

„Das verstehe ich. Schlaf dich aus."

„Yep. Was machst du eigentlich schon hier?"

„Ehm, ich hatte einen Termin."

„Aha", schaute Hannah ihn mit zusammengezogenen Augenbrauen an, „mit wem denn?"

„Katharina", er räusperte sich, „ich war bei Katharina in der Mittagspause."

Hannah massierte ihr Kinn und sah ihren Mann an.

Er sprach weiter: „Es kann ja so nicht weitergehen. Wenn ihr euch nicht einig seid, haben die Farber-Werke verloren und du auch. Ich habe versucht, Katharina ins Gewissen zu reden. Ihr erklärt, dass sie ohne dich niemals so weit wäre, wie sie jetzt ist. Sie hatte sich im vergangenen Jahr jederzeit auf dich verlassen können. Im

Umkehrschluss sollte man schon auf eine gewisse Dankbarkeit und Verbundenheit vertrauen dürfen."

„Das wird Madame sicherlich nicht so sehen!"

„Richtig. Sie sagte, sie sei dir sehr dankbar für alles, was du für sie getan hast. Aber man müsste Privates und Geschäftliches trennen. Der Verkauf der Farber-Werke würde sich nicht gegen dich richten."

„Ach, warum tut sie es dann? Sie hat genug Geld. Justus hat sich ein Leben lang für die Werke abgemüht und gekämpft. Er wollte das Lebenswerk seines Vaters erhalten. Und jetzt geht seine Witwe hin und macht alles platt."

„Das sieht sie nicht so. Katharina will die Firma loswerden. Das ist alles!"

„Aha, das ist alles ..."

„Hannah, jetzt beruhige dich!"

„Nein! Wie kannst du so ruhig bleiben? Sie zerstört dabei alles ... einfach alles!"

„Langsam auch unsere Ehe ..."

„Ich gehe jetzt lieber ins Bett, bevor mir noch schlechter wird. Gute Nacht!"

Am nächsten Morgen saß Hannah bereits um halb sieben in ihrem Büro. Sie überarbeitete die Unterlagen für den Termin um zehn Uhr. Ihre Assistentin erschien kurz danach im Türrahmen und sagte:

„Guten Morgen Chefin! Ausgeschlafen?"

„Guten Morgen! Ja, denke schon. Bist du dir mit den Zahlen hier in der Präsentation sicher?", fragte Hannah.

„Welche meinst du?"

Hannah wartete, bis ihre Assistentin um dem Schreibtisch herumkam und sie beide auf ihren Bildschirm schauen konnten:

„Die hier“, sagte sie und zeigte auf die Produktionskapazitäten. Jasmina nickte.

„Wir haben in den letzten Tagen an der Linie herumexperimentiert und wenn wir den Abnahmetisch wie einen Fächer gestalten, sind wir in der Lage, die Ausgabemenge um 25 Prozent zu steigern.“ Ihre Assistentin formte mit den Händen einen Fächer in die Luft.

„Bist du sicher?“

„Jaha, wurde mehrfach von Michael getestet und die Quali ist einverstanden.“

„Okay. Wenn die Qualitätssicherung ihr Okay schon gegeben hat, probieren wir es. Gut gemacht!“

„Danke! Kaffee?“

„Ja gern, ich habe schon zwei Tassen. Aber eine geht noch.“

Um Punkt zehn Uhr fuhren die beiden Limousinen der Renetaldo-Vertreter auf den Firmenparkplatz. Drei schwarz gekleidete Männer unterschiedlichen Alters stiegen aus. Jasmina kam in Hannahs Büro gelaufen: „Sie kommen!“ Hannah schaute über ihre Schulter vom Fenster zu ihr und sagte nur: „Ich weiß!“

Frau Henseler geleitete die Gäste in den Konferenzraum. Sie schenkte Getränke ein, als Hannah und ihre Assistentin den Raum betraten.

Hannah dankte den Gästen, dass Renetaldo damals die Notbremse gezogen hätte. Dadurch hätten sie den Grundstein für die Umstrukturierungen im Hause Farber gelegt. Sie präsentierte die aussichtsreiche Geschäftsentwicklung und zeigte die Farber-Produktlinien.

Hannah war zufrieden, denn die Verhandlungen liefen gut.

Nach etwas mehr als anderthalb Stunden steckte Frau Henseler den Kopf zur Tür herein und bat Hannah, kurz nach draußen zu kommen. Doch Hannah lehnte es ab, weil sie noch nicht fertig seien. Sie sah, dass ihre Sekretärin ihr Warnzeichen gab, aber wieso?

Im nächsten Augenblick stürmte Katharina mit hochrotem Kopf den Konferenzraum und sagte:

„Hannah, ich muss dich sofort sprechen!" Prompt sprang Hannah auf. Sie ging lächelnd auf Katharina zu und sagte in die Runde: „Meine Herren, Frau Farber, unsere Prinzipalin, kennen Sie ja sicherlich." Katharina nickte den Herren kurz zu. Doch schenkte sie ihnen keine Aufmerksamkeit und sagte mit vorgeschobenem Kinn:

„Für den Verkauf der Firma brauche ich die aktuellen Bilanzen, Auftragsprognosen, alles über die neuen Produkte und so weiter. Jetzt sofort."

Im Konferenzraum hätte man eine Nadel auf den Boden aufschlagen hören können. Alle Blicke richteten sich auf die beiden Frauen. Hannah lächelte mit zuckenden Mundwinkeln, sah in die Runde und bat Katharina, in ihrem Büro zu warten. Aber die bestand auf prompte Bedienung. Hannah verlor die Geduld, packte Katharina am Ellbogen und zog sie aus dem Konferenzsaal. Als Hannah Schläge auf ihrer Schulter spürte, bog sie nicht in Richtung ihres Büros, sondern zum Firmeneingang ab.

„Wage es nicht, mich aus meiner eigenen Firma zu schmeißen", zischte Katharina mit hochrotem Kopf.

Hannah sagte barsch: „Eine Abkühlung und frische Luft tun dir sicher gut!“ Mit der Schulter drückte sie die Eingangstüren auf.

„Lass mich endlich los! Du tust mir weh!“

Hannahs Puls pochte in den Schläfen. Sie ließ die Ältere los. „Katharina Farber, was du dir heute geleistet hast, ist nicht wieder gut zu machen!“, sagte Hannah, mit ausgestreckter Hand auf das Gebäude zeigend, „Da drinnen sitzen die Vertreter eines der wichtigsten Kunden, die wir haben. Wir arbeiten seit Monaten daran, wieder mit denen ins Geschäft zu kommen. Wegen deiner inkompetenten Entscheidungen haben wir den Kunden verloren. Und jetzt ... jetzt, wo er gerade dabei ist, wieder Vertrauen in unsere Leistungsfähigkeit zu gewinnen, kommst du und sprengst die Verhandlungen! Bist du eigentlich noch zu retten?“

Hannah sah Katharinas Mundwinkel immer tiefer sinken, mit jedem Wort, was sie ihr ins Gesicht schleuderte. Katharina kniff die Augen zusammen und versuchte ihre zitternde Hand zu verstecken. Für das, was Katharina angerichtet hatte, fand Hannah keine Worte mehr. Sie hob ihre Hand in den Nacken, massierte ihn und sagte: „Geh' bitte. Geh' jetzt bitte ...“

„Was fällt dir ein, so mit mir zu reden! Hannah, so nicht! So nicht!“

„Das wäre sehr wünschenswert. Mit deinem Verhalten ruinierst du die Firma und das Leben der Leute, die hier arbeiten. Man muss sich ja fast dafür schämen, wie du dich aufführst!“

Katharina schob bei diesen Worten ihr Kinn vor. Sie spitzte den bebenden Mund, sagte aber nichts. Drehte um und ging.

Hannah sah Katharina zu ihrem Mini stolzieren und schüttelte den Kopf. Als Hannah sich umdrehte, bemerkte sie die erschrockenen Gesichter einiger Mitarbeiter aus der Produktion. Sie machten gerade Pause an der frischen Luft und hatten den Streit der beiden Frauen mitangehört.

Für einen Augenblick spürte Hannah den Impuls zu ihnen zu gehen, entschied sich aber doch dagegen. Renetaldo war wichtiger. Die Zukunft lag im Konferenzraum.

Als sie den Konferenzraum betrat, reckten alle fragend die Köpfe zu ihr. Sie entschuldigte sich lächelnd für die Unterbrechung und setzte sich. Jasmina zeigte ihr, bei welcher Präsentationsseite sie waren und präsentierte zu Ende. Hannah dankte Jasmina und die Renetaldo Leute klopften auf die Tischplatte. Einer der Herren fragte nach den Verkaufsabsichten von Frau Farber. Hannah versicherte lächelnd: „Meine Herren, Sie haben gesehen, wie erfolgreich wir in den letzten Monaten waren und das war nur der Anfang. Sie können sicher sein, dass wir diesen Weg weitergehen. Die Farber-Werke werden nicht verkauft."

Die Männer sahen sich an und nickten. Der Senior sah Hannah an und sagte: „Frau Schuster, wir unterschreiben!"

Jasmina und Hannah verabschiedeten fröhlich die Renetaldo-Vertreter. Als der Senior Hannahs Hand schüttelte, beugte er sich zu ihr und sagte leise: „Frau Schuster, meine Unterschrift steht für das Vertrauen in ihre Person. Sie haben bei Griff sehr gute Arbeit geleistet und sich hier noch gesteigert. Ich zähle auf Sie und unsere gute Zusammenarbeit."

Hannah antwortete lächelnd: „Das können Sie!"

Kaum fuhren die Limousinen vom Werksgelände, erschien Frau Henseler in Hannahs Büro und schloss die Tür. Jasmina fragte: „Jetzt sag schon, was ist eben draußen passiert?"

Hannah holte Luft, legte ihren Kopf in ihre Hände und seufzte. „Ich habe sie vor die Tür gesetzt!"

Jasmina kicherte: „Du hast sie rausgeworfen?"

„Ja, kann man so sagen. Sie war nicht begeistert." Frau Henseler hörte schweigend zu und sah von einer zur anderen, während Jasmina fragte: „Wie geht es jetzt weiter? Also mit dem Verkauf des Unternehmens?"

„Meine Hoffnung ist ja, dass Katharina bald zur Besinnung kommt und uns hier so arbeiten lässt, wie wir es bisher getan haben."

„Glaubst du wirklich daran?"

Hannah überlegte und sagte zögerlich: „Ich hoffe es zumindest! Ich weiß nicht, warum Katharina das tut. Ich weiß nur, dass es aufhören muss."

Jasmina seufzte. Sie besprachen die Umsetzung des Renetaldo-Auftrages. Jasmina und Frau Henseler feierten den Erfolg. Hannah ließ den Kopf hängen. Der Streit mit Katharina setzte ihr mehr zu, als ihr lieb war. Heute hatte ihre Auseinandersetzung eine neue Ebene erreicht, die alles verkomplizierte.

Als sie allein im Büro zurückblieb, tippte sie eine Nachricht an Thomas:

Renetaldo hat unterschrieben. Katharina hätte fast alles zum Platzen gebracht. Mehr Infos heute Abend. Kuss H.

Antwort von Thomas: Was hat sie wieder angestellt? Renetaldo prima!

Hannah legte ihr Handy weg, um sich einen Kaffee in der Kaffeeküche zu holen. Davor traf sie auf ihre Sekretärin, die Hannahs gefüllte Kaffeetasse in der Hand hielt. „Ich dachte mir", sagte sie, „Sie könnten jetzt etwas Warmes gebrauchen."

„Danke Frau Henseler."

„Justus Farber hat heute schützend seine Hand über uns gehalten. Dass Renetaldo nach Frau Farbers Besuch noch weiter mit uns verhandeln würde, hielt ich für unwahrscheinlich. Gott sei Dank habe ich mich getäuscht."

„Ja, das hat er wohl." Hannah schaute nach oben in Richtung Himmel, den sie aber in der Kaffeeküche nicht sehen konnte.

„Werden Sie noch einmal mit Frau Farber sprechen?"

„Ich denke, das wird jetzt sehr schwierig sein. In den nächsten Tagen muss ich mir überlegen, wie wir die Kuh vom Eis holen."

Frau Henseler kicherte und Hannah hob die Augenbrauen. Als sie die Doppeldeutigkeit ihrer Aussage begriff, lachte auch sie. Die Sekretärin klopfte Hannah zweimal kurz auf die Schulter und eilte zurück an ihren Schreibtisch.

Am späten Nachmittag parkten Thomas und Hannah gleichzeitig zu Hause. Sie stellten ihre Autos in der Garage ab, luden die Kofferräume aus und gingen gemeinsam ins Haus.

„Du siehst erschöpft aus. War es so schlimm?“, fragte Thomas.

„Schlimmer!“, seufzte Hannah.

„Oje, sollen wir erst was essen oder willst du zuerst reden?“

„Lass uns erst essen. Wer weiß, ob ich danach noch Hunger habe …“

Thomas belegte den Pizzateig mit Zwiebelstückchen, während Hannah ihre zerstückelten Pilze darauf verteilte. Anschließend folgten der Lachs und verschiedene Sorten Käse. Thomas erzählte ihr von seinem Projekt. Schnell zauberte Hannah noch den Nachtisch: Erdbeeren mit Schmand und Jogurt. Er deckte den Tisch. Als Hannah den Nachtisch auf den Esstisch stellte, sah sie ein Geschenkpäckchen neben ihrem Teller liegen.

„Was ist das?“, fragte sie.

„Eine Entschuldigung“, sagte er, „wegen gestern Abend.“

Hannah grinste und fragte: „Darf ich es auspacken?“

„Wenn du nicht länger warten kannst?“ Hannah schüttelte verneinend den Kopf und nahm das Päckchen, öffnete es rasch. Eine Kette mit einem tiefblauen Stein kam zum Vorschein. Hannah betrachtete sie in ihren Händen und staunte: „Wow, was ist das?“

„Das ist ein Lapislazuli-Stein. Ihm werden magische Kräfte nachgesagt. Er macht es möglich, tiefer in Menschen hineinzuschauen. Er soll Glück bringen! Schon Kleopatra nutzte die Kräfte von Lapislazuli. Napoleon trug ihn als Beschützer immer bei sich.“

„Danke, Schatz! Das ist ein fantastisches Blau“, sagte Hannah strahlend und küsste ihren Ehemann.

Das Piepen des Ofens brachte beide in die Küche zurück. Hannah saß mit ihrer Kette am Tisch, während Thomas die Pizza aus dem Ofen holte. Sie kicherten während des Essens. Beim Spülen fragte Thomas: „Was hat Katharina heute wieder angestellt?"

„Sie ist mitten in die Sitzung mit den Renetaldo-Leuten geplatzt. Ich solle ihr sofort alle notwendigen Unterlagen für den Verkauf der Farber-Werke aushändigen.

„Autsch!"

„Ich habe sie gepackt und auf den Parkplatz gebracht. Dabei ist das Ganze eskaliert und sie ist hoch erhobenen Hauptes abgedampft!"

„Doppelautsch!"

„Zum Glück, konnten wir die Renetaldo-Vertreter davon überzeugen, doch noch den neuen Vertrag zu unterschreiben. Wir dürfen uns bei der Abwicklung nicht den kleinsten Fehler erlauben. Sonst sind wir für immer raus aus dem Geschäft."

„Katharina meint es ernst mit dem Verkauf?"

„Ich weiß es nicht … Ich weiß nicht, was sie mit solchen Aktionen wie heute erreichen will. Ich weiß nicht, ob sie sich überhaupt Gedanken darüber macht, was sie für Schaden anrichtet."

„Naja, Renetaldo hat unterschrieben. Also von Schaden kann man da nicht sprechen!"

„Du weißt, was ich meine. Ihr skandalöses Verhalten ist mir einfach unerklärlich. Wo ist die Frau geblieben, die mich umarmt hat? Die mir vertraut hat? Für die ich mit durch die Hölle gegangen bin? Die mir angeblich so dankbar für alles ist, dass sie mich jetzt in der ganzen Branche unmöglich macht."

Thomas hob zuckend die Schultern: „Ich weiß es nicht.“

„Ich auch nicht. Kann man sich in einem Menschen so sehr täuschen, dass man ihn nicht mehr wiedererkennt?“

„Vielleicht ist sie durch die ganze Sache mit Justus traumatisiert und braucht einfach nur Hilfe?“

„Ach was! Sie ist eine erwachsene Frau, die wissen müsste, was sie tut!“

„Oder sie fühlt sich grenzenlos überfordert?“

„Womit überfordert? Ihre Romane hat sie schon vor Justus‘ Tragödie geschrieben. Die Firma leite ich, damit hat sie auch nichts zu tun. Sie könnte einfach ihr neues Leben genießen, wieder schreiben und das tun, was sie gerne möchte! Dazu muss sie nicht die Farber-Werke verkaufen.“

„Aber vielleicht will sie einfach alles loswerden, was sie an Justus erinnert?“

„Verkauft sie auch ihr Haus hier in Köln? Oder das am Comer See?“

„Wahrscheinlich nicht.“

„Und genau das ist der Punkt. Es geht um mich. Ganz allein um mich. Sie will die Farber-Werke verkaufen, damit sie mich los wird!“

„Das ist doch Quatsch. Warum sollte sie ausgerechnet dich los werden wollen?“

„Wenn ich das nur wüsste …“

„Eher andersherum. Sie ist eifersüchtig auf deinen Erfolg bei den Farber-Werken und so lange, wie du dort arbeitest, hast du keine Zeit für Katharina.“

„Sicher doch. Das Unternehmen wird verkauft, damit Madame mehr Zeit mit mir verbringen kann? Das ist schon sehr weit hergeholt!“

„Hast du eine bessere Theorie, warum Katharina sich wie ein kleines trotziges Kind benimmt?"

„Nein."

„Dann finde es heraus!"

„Was?"

„Warum sie Amok läuft!"

Hannah verdrehte die Augen und trank noch einen Schluck ihrer Apfelschorle, die auf der Arbeitsplatte neben ihr stand. Sie dachte lange darüber nach, was Thomas gesagt hatte. Diese Katharina erkannte sie nicht mehr wieder.

Eine Woche nach dem hässlichen Vorfall auf dem Firmenparkplatz wuchs die Unruhe innerhalb der Belegschaft. Die einen deuteten als Erfolg, dass es keine Neuigkeiten gab. Die anderen als Vorzeichen auf Schlimmeres.

Katharina reagierte auf keine einzige Nachricht von Hannah. So gab sie Frau Henseler den Auftrag, Katharina anzurufen, um einen Gesprächstermin zu vereinbaren.

In der Teambesprechung fragte Jasmina: „Habt ihr Frau Farber endlich erreicht?" Verneinend schüttelte Frau Henseler den Kopf. Hannah sah auf die Papiere vor ihr und sagte: „Nein, die Dame treibt ihr infantiles Spiel weiter und ich werde mich daran nicht mehr beteiligen."

„Nee, ne! Du bist ja vielleicht eine Spielverderberin!"

Hannah sah auf zu Jasmina, die eine Schnute zog, und alle lachten.

Wochenlang herrschte Funkstille. Katharina Farber tauchte nicht mehr in der Firma auf, obwohl Hannah sie zur Weihnachtsfeier der Belegschaft eingeladen hatte.

Katharina blieb verschwunden. Trotz allem – sorgte Hannah sich. Sie kannte immer noch nicht den Grund für Katharinas unmögliches Verhalten. Sobald Hannah Thomas darauf ansprach, stritten sie irgendwann. Und in letzter Zeit immer heftiger, wie sie fand. Umso mehr freute sich Hannah, als endlich eine Nachricht von Katharina auf ihrem Handy auftauchte:

Hallo Hannah, sehen wir uns diese Woche? Habe ein paar Schriftstücke, die ich gern mit dir besprechen würde. Könnte uns was kochen. Gruß Katharina

Hannah schrieb ihr:

Ja, gern. Komme morgen so gegen 18 Uhr bei dir vorbei. H

Kurz vor achtzehn Uhr lenkte Hannah ihren dunkelblauen BMW in die Straße zum Farberschen Anwesen. Die frisch gestutzten Bäume sahen trostlos aus. Ansonsten wirkte alles kahl, wie im Winter halt. Sie parkte den Wagen neben der Marmortreppe. Als Hannah ausstieg, stand die Haustür bereits offen. Wie oft war sie in den vergangenen Jahren diese Stufen hinaufgegangen? Mal hüpfend, mal schleppend. Jetzt freute sie sich auf Katharina.

Klappernder Lärm schallte ihr aus der Küche entgegen, als sie das Haus betrat.

Hannah sagte laut: „Hallo, ich bin da!"

„Prima", rief Katharina, „im Besprechungszimmer liegen die Angebote."

Hannah hob ihre Augenbrauen, blieb einen Augenblick wartend stehen, zuckte dann mit den Schultern und ging ins Besprechungszimmer.

Auf dem Tisch lagen drei Stapel Papiere. Hannah zog sie zu sich heran und begann zu blättern. Sie blätterte die Seiten um und las die Zeilen. Es dauerte einige Zeit, bis sie alle Papiere gesichtet hatte. Dann legte sie sie weg.

Langsam schritt Hannah ans Fenster, verschränkte ihre Unterarme vor der Brust und schaute hinaus. Es war finster, aber trotzdem verweilte sie mehrere Minuten am Fenster. Sie ging zurück zum Tisch, nahm die Papiere erneut und überflog die Zeilen.

Dann ging sie in Richtung Küche und sah Katharina mit Töpfen und Pfannen hantieren.

Katharina fragte, ohne sich umzudrehen: „Und? Was hältst du davon?"

Hannah lehnte mit ihrer Schulter am Türrahmen und fragte: „Wovon?"

„Von den Angeboten?"

„Na ja, das eine oder andere könnte lukrativ sein."

Hannah beobachtete Katharina, bis sie sagte: „Wenn ich dich störe, kannst du es mir auch sagen!"

Katharina schaute von den Töpfen auf zu Hannah: „Wieso stören?"

„Ich habe den Eindruck, dass ich hier unerwünscht bin. Ich kann auch gerne wieder fahren und wir verschieben …"

„Wie kommst du darauf?"

„Wie lange bin ich jetzt schon hier? Zwanzig Minuten? Halbe Stunde? Wann gedenkst du vielleicht mich mal zu begrüßen, wie sich das gehört?"

Mit bebendem Kinn und gesenktem Kopf schritt Katharina aus der Küche an Hannah vorbei und rief: „Ich habe dich doch begrüßt!"

Hannah senkte ihren Kopf und schüttelte ihn: „Wenn deine Freunde kommen oder Thomas dabei ist, werden alle herzlich mit einer Umarmung begrüßt. Ich bekomme noch nicht einmal ein freundliches Hallo zu hören. Was soll das?"

Katharina kam zurück in Richtung Küche und trug Getränkeflaschen, die sie im Flur geholt hatte: „Erwartest du etwa, dass ich dir jedes Mal um den Hals falle? Nicht wirklich, oder?"

„Nein, aber ein Mindestmaß an Respekt oder Höflichkeit wäre auch von dir wünschenswert."

„Respekt muss man sich erarbeiten und bekommt man nicht geschenkt", sagte Katharina, dabei schaute sie Hannah über ihren oberen Brillenrand an, „und schon mal gar nicht, wenn man so kindisch und launisch ist wie du!"

Hannah hob ihre Augenbrauen, biss auf ihre Lippen und nickte mehrmals. Sie schritt zur Haustür hinaus. Katharina stürmte ihr hinter her, bevor sie auf dem Treppenabsatz stoppte und schimpfte:

„Das ist ja mal wieder typisch, mit schlechter Laune hier ankommen und dann einfach wieder verschwinden. So kann man sich niemals Respekt verdienen!"

Hannah zog an der Autotür: „Das ist auch nicht mehr nötig!" Mit rutschenden Reifen fuhr sie vom Farberschen Grundstück.

Am nächsten Morgen bat Hannah beide Kolleginnen zu sich ins Büro. Sie erklärte ihnen die Lage und erzählte von den Angeboten. Im Laufe des Vormittags verdichteten sich die schwarzen Wolken zunehmend.

Frau Henseler reichte Hannah ein Fax und sagte leise: „Frau Farber will das wirklich durchziehen! Nächste Woche Donnerstag, um zehn Uhr, sollen die Absichtserklärungen unterschrieben werden." Hannah runzelte die Stirn und nahm das Blatt.

„Sieht ganz so aus!", sagte Hannah, als sie noch las, „und mein Vertrag endet zu diesem Zeitpunkt ... wegen un_über_brück_baren Differenzen ... mit der Geschäftsführung ..." Sie reichte das Fax an Jasmina und rieb die Augen.

„Hey Leute, es bleiben uns noch neun Tage und der Rest von heute!" Jasmina legte ihren Kopf schief und lächelte aufmunternd.

Den restlichen Arbeitstag über verkroch sich Hannah in ihrem Büro. Sie war tief getroffen. Alles erschien ihr plötzlich so sinnlos. Sie hatten gekämpft und wurden dennoch nicht belohnt. Jasmina und Frau Henseler klopften immer wieder an Hannahs verschlossener Bürotür. Entweder brachten sie ihr Kaffee, Kekse oder Mittagessen. Sie versuchten, mit Hannah zu reden, aber sie wollte nicht und bat beide zu gehen.

Auf dem Nachhauseweg fuhr Hannah zum Friedhof und besuchte Justus' Grabstätte. Sehr lange war sie nicht mehr hier gewesen. Zum ersten Mal sah sie die Inschrift, die Katharina ausgesucht hatte. Das Licht der Grablampe war erloschen. Mit hängenden Schultern und noch tieferem Kopf hastete sie zurück zum Parkplatz. Rums - Jemand prallte gegen sie. Gerade noch fing sie sich und sagte: „Entschuldigung, ich habe Sie nicht gesehen!"

Gleichzeitig entschuldigte sich irgendwer bei ihr und sie spürte, wie jemand sie anstarrte.

„Hanni?"

Zügig erreichte sie ihr Auto. Sie wollte nicht reden. Sie wollte nicht stehenbleiben. Sie wollte einfach ... ja, was wollte sie? Hannahs Fäuste pressten ihre Fingernägel in ihre Handflächen, bis es wehtat. Sie setzte sich in ihr Auto und fuhr los. Sie fasste einen Entschluss.

Am nächsten Morgen teilte sie dies, in einer kurzfristig einberufenen Informationsrunde der Belegschaft mit:

„Liebe Kolleginnen und Kollegen, hier zu stehen, fällt mir heute besonders schwer. Schwer, weil wir in den letzten Monaten zusammen gekämpft haben, für den Erhalt dieses Unternehmens, für den Erhalt dieser Arbeitsplätze, für den Erhalt unserer gemeinsamen Zukunft. Die Zeiten seit Justus Farbers Tod waren turbulent, von Höhen und Tiefen geprägt. Doch schafften wir gemeinsam die Wende und das ging nur mir Ihrer Hilfe, Ihrem Einsatz und Ihrem Ehrgeiz, um dies alles gemeinsam zu erreichen. Wir sind auf einem guten Weg. Die Gelder sprudeln wieder. Unsere Produkte und Dienstleistungen sind gefragt. Aber dennoch wird dies alles nicht honoriert. Frau Farber bleibt, nach wie vor, auf ihrer Linie und will die Farber-Werke verkaufen. Nächste Woche Donnerstag, um zehn Uhr, sollen die Absichtserklärungen mit den Interessenten unterzeichnet werden. Zum gleichen Zeitpunkt soll ich das Unternehmen verlassen. Es fällt mir nicht leicht, wie Sie sich sicher alle vorstellen können. Denn wir waren, in den vergangenen Monaten, ein sehr erfolgreiches Team, mit dem ich sehr gern zusammengearbeitet habe. Ich hätte mir eine andere Zukunft für uns alle gewünscht. Danke für ihr Vertrauen in mich und uns! Vielen Dank!"

Hannah schluckte schwer. Einige ihrer Kollegen wischten Tränen weg oder ließen die Köpfe hängen. Hannah fühlte sich miserabel, wollte aber diese eine Woche mit Anstand abschließen. Langsam begannen die Kollegen zu tuscheln. Hannah verließ das Podium, um in ihr Büro zurückzukehren.

Doch kaum war sie vom Podium abgestiegen, hörte sie tosenden Applaus. Sie hob den Kopf und drehte sich zum Lärm. Ihre Kollegen klatschten Beifall, der in ein rhythmisches Klatschen überging. Sie senkte seitlich ihren Kopf, um dann mit ausgestreckter Hand zu winken. Sie verneigte ihr Haupt vor ihren Kollegen und ging mit Tränen auf der Wange in ihr Büro. Hinter der verschlossenen Bürotür ließ sie ihren Tränen freien Lauf und stützte ihren Kopf auf beide Hände.

Als sie mit geröteten Augen auf Frau Henseler in der Kaffeeküche traf, umarmte Hannah sie. Frau Henseler jammerte:

„Das kann doch alles nicht wahr sein!"

Hannah drückte sie wortlos, nahm eine Tasse Kaffee und ging zurück in ihr Büro, ließ aber die Tür offen.

In den nächsten Tagen stieg der Krankenstand auf beachtliche fünfunddreißig Prozent an. Auch sonst sank die Arbeitsmoral. Die Enttäuschung in der Belegschaft war allen anzusehen. Als am darauffolgenden Dienstag die gesamte Schicht der Arbeit fernblieb, forschte Hannah genauer nach. Sie fand niemanden, der ihr etwas sagen konnte. Sie wies Jasmina an, über Zeitarbeitsfirmen Ersatzpersonal zu beschaffen, um die Produktion aufrecht zu erhalten.

Hannah packte ihre Sachen in ihre Tasche und lief an Jasminas Büro vorbei. Sie hörte eine Frau stottern. Das war Katharina. Abrupt drehte sie um und ging in Jasminas Büro. Die saß an ihrem Schreibtisch und starrte amüsiert auf den Bildschirm. Jasmina hielt ihre Hand vor dem Mund, um ihr Lachen zu unterdrücken.

„Was ist so lustig? War das nicht eben Katharinas Stimme?", fragte Hannah und Jasmina zuckte erschrocken. Sie klappte rasch ihr MacBook zu und rutschte aufrecht, bevor sie sagte: „Ehm, nein, nichts. Wieso Katharina? Ehm ...."

„Jas_mi_na?" Jasmina verdrehte die Augen, klappte wortlos ihr MacBook auf. Sie startete einen Bericht des Kölner Fernsehsenders und drehte den Bildschirm zu Hannah.

Im Bericht erschien das Farbersche Anwesen mit einer protestierenden Menschenmenge davor. Ein Reporter stand mit dem Rücken zum Menschenauflauf und erzählte den Zuschauern, dass diese Proteste, seit mehrere Tagen anhielten. Die Protestierenden riefen: „Wir haben gekämpft, wir wollen bleiben." Der Reporter berichtete, dass hier immer mehr Menschen zusammenkämen, um gegen den Verkauf der Farber-Werke zu protestieren. Auch ein herbeigerufener Sicherheitsdienst hätte die Menschenmenge nicht vertreiben können.

Dann zeigte eine Nahaufnahme das Haus und Katharinas verzweifeltes Gesicht erschien hinter einer Fensterscheibe. Der Reporter lief zu den Protestierenden und fragte, warum sie hier vor dem Haus der Familie Farber stehen würden. Hannah erkannte die Kollegin aus dem Labor, die die Frage damit beantwortete, dass es, seit dem Tod des Firmeninhabers vor fast einem Jahr, dem Unternehmen wieder richtig gut gehe und die Belegschaft mit der jetzigen Geschäftsführerin weiterarbeiten wolle. Und dafür kämpfe, dass das Unternehmen eben nicht verkauft würde.

Hannah starrte mit geöffnetem Mund auf den Bildschirm.

Die Bilder wechselten und ein anderer Reporter berichtete von einer Lesung mit der Autorin Katharina Farber. Er erzählte, dass ein Filmteam die Autorin begleiten durfte. Der vollbesetzte Zuschauerraum erschien. Als die Autorin mit der Lesung begann, stand ein Zuhörer auf und schimpfte, wie mies das doch sei. Er verließ die Lesung. Katharina schaute ihm mit gerunzelter Stirn nach. Sie las weiter und die nächste Zuschauerin stand auf, schimpfte und ging.

Hannah hob die Hand auf ihren Mund und unterdrückte ihr Lachen. Nach und nach standen immer mehr Zuschauer auf, beschimpften Katharina und verließen die Lesung. Zum Schluss blieben fünf Zuschauer, die verunsichert schienen. Und eine Autorin, die ihren Kopf auf ihre Hände legte und vor Verzweiflung schüttelte.

In diesem Moment tat ihr Katharina leid und Hannah sah weg.

„Schau, jetzt kommt das Beste!“, sagte Jasmina und zeigte auf den Mini Cooper, der im Film erschien. Er stand, komplett mit Toilettenpapier eingewickelt, in der Tiefgarage. Jasmina klopfte mit der Hand auf ihren Oberschenkel und auch Hannah lachte herzhaft.

Am Schluss des Fernsehberichts resümierte der Reporter, dass die Belegschaft der Farber-Werke für ihre Werte einsteht und dies auch ihr gutes Recht wäre. Die Familie Farber könne sich doch eine Scheibe von solch lobenswerter Haltung abschneiden. Er erklärte den Zuschauern, dass der Verkauf der Farber-Werke rasch erfolgen solle. Frau Farber aber ein Interview mit dem Sender ablehne. Die protestierende Menge vor Katharinas Haus erschien und der Bericht endete.

Jasmina biss auf die Unterlippe und klappte das MacBook zu. Mit gekreuzten Unterarmen lehnte Hannah an der Bürowand und fragte: „Seit wann weißt du davon?"

Jasmina rutschte auf ihrem Stuhl und sagte: „Von Anfang an."

„Dann hast du mich belogen, als ich dich dieser Tage fragte, wieso ein Drittel der Belegschaft krank ist!"

Jasmina senkte den Kopf und nickte.

„Die Zuschauer bei der Lesung waren unsere Leute?"

„Yep."

„Protestieren unsere Leute rund um die Uhr?"

„Yep."

„Sind noch weitere Aktionen bis Donnerstag früh geplant?"

Jasmina schwieg.

„Danke, das reicht mir als Antwort."

Hannah schritt auf und ab, rieb sich mit dem Finger an der Stirn und sagte zu Jasmina: „Ruf bitte unseren Caterer an. Er soll zwei verschiedene warme Essen, heiße und kalte Getränke zu unseren Leuten vor Katharinas Haus schicken. Die Rechnung übernehme ich privat."

Jasmina starrte sie an.

Hannah fragte: „Und was ist noch geplant?"

„Ehm ... Betriebsgeheimnis."

„Jasmina! Mach' bitte keine Dummheit, die uns nachher allen Leid tut! Also, was ist geplant?"

„Frau Farbers Webseite wird morgen vermelden, dass sie keine weiteren Bücher mehr schreibt, weil die Leser ihre Bücher zu schlecht bewerten. Gleichzeitig erscheinen ungefähr 300 schlechte Rezensionen in allen möglichen Portalen und Online-Shops."

„Das könnt ihr nicht machen. Das bringt sie um!"

„Aber uns verkaufen, das darf sie oder was?"

„Nein, natürlich nicht."

„Was sie mit dir macht, ist weitaus schlimmer als das, was sie erleben wird!"

„Das ist aber eine Sache zwischen Katharina und mir!"

„Das sehen 276 Menschen anders und wir kämpfen dafür, dass wir zusammen weitermachen können. Und was machst du so?"

„Dein Ton gefällt mir nicht, Jasmina!"

„Macht nichts, ab übermorgen bist du ja sowieso nicht mehr meine Chefin."

Hannah nahm ihre Tasche und verließ wortlos Jasminas Büro, ging aus dem Gebäude, hinaus in den Starkregen, der seit Stunden anhielt.

Sie stieg in ihren geliebten BMW und fuhr los. Wahllos fuhr sie in der Gegend umher. Sie fuhr in Richtung Westen aus der Stadt. Irgendwann bemerkte sie auf der Landstraße Schilder, die auf einen Aussichtspunkt des

Tagebaus Hambach hinwiesen. Hannah bog ab und stoppte ihren BMW erst auf dem Parkplatz.

Es regnete immer noch. Der Parkplatz war ein Regenpfützensee. Sie stieg aus und ging zum Rand des Platzes. Vor ihr lag ein gigantisches Loch. Die imposanten Braunkohlebagger darin sahen so klein aus. Die Pkws nicht größer als Spielzeugautos aus frühen Kindertagen. Alles erschien in diesem Megaloch so mickrig. Genauso fühlte sich Hannah, die durch den vielen Regen komplett durchnässt war.

Ihre Kleidung klebte an ihrer nassen Haut. Ihre Tränen mischten sich mit den Regentropfen. Hannah sah in Richtung Himmel und hob ihre Hände. Sie schüttelte sich. Sie ballte ihre Fäuste und öffnete ihren Mund. Sie schrie ihren Schmerz raus aus ihrem Körper. Sie wischte das Regenwasser von ihrer Stirn, beugte sich vor und hielt ihren Bauch fest. Ihre Beine gaben nach und sie rutschte am Holzzaun hinab. Mit gesenktem Kopf hockte sie dort und der Regen tropfte an ihr herab.

„Kannst du mir mal sagen, wo du die ganze Zeit warst? Mindestens zehn Mal habe ich dich angerufen. Dein BMW ist bis zum Dach mit Schlamm vollgespritzt. Du kommst, spät abends, völlig durchnässt, nach Hause. Oder muss ich sagen, Gott sei Dank nach Hause?" Thomas brüllte und rannte Hannah hinterher ins Haus.

Abrupt blieb sie stehen, drehte sich zu Thomas und sagte:

„Was ist das für ein Zuhause, wenn ich hier nicht mehr ich selbst sein darf!"

„Spinnst du jetzt oder was?"

„Du", schrie Hannah und kam mit ausgestrecktem Zeigefinger näher, „hast mir verboten, mit dir über Katharina zu sprechen. Also geht dich auch nichts an, was ich gemacht habe oder wo ich war!"

„Reg' dich mal wieder ab. Du übertreibst maßlos. In dieser Hinsicht könntest du wirklich die Tochter von Katharina sein!"

„Raus!", brüllte Hannah in Richtung Haustür zeigend, „Geh'!"

„Schluss jetzt, Hannah!"

„Ja, hier ist Schluss. Verlass' mein Haus! In meinem Haus kann ich selber entscheiden, mit wem oder über was ich rede. Du hast hier nichts mehr zu sagen und jetzt geh' endlich!"

Thomas öffnete den Mund, um etwas zu erwidern, aber Hannah schnitt ihm das Wort ab und brüllte: „Raus hier!"

Hannah hörte die Haustür zuschlagen und Thomas' Golf, der wegfuhr. Sie tigerte durch das Haus bis sie ins Badezimmer hinauf ging. Sie ließ heißes Wasser in die Badewanne laufen, zog die nassen Klamotten aus und stieg in die Wanne. Die Wärme tat ihr gut. Sie schloss die Augen und wünschte, es wäre schon alles vorbei.

Am nächsten Morgen spürte sie erst nach einer Tasse vierfachen Espressos ihre Beine. Sie hielt ihren Kopf und überlegte, warum das alles mit ihr passierte? Erst Katharina, jetzt Thomas? Hannah seufzte und rief ein Taxiunternehmen an. Sie wollte Katharina nicht den Sieg gönnen und ausgerechnet am letzten Arbeitstag fehlen.

Als sie endlich im Taxi saß, fuhren sie zum Haus von Katharina. Dort quälte sich Hannah langsam zu ihren protestierenden Kollegen. Sie sprach mit ihnen, dankte für ihre Loyalität und bat sie, nach Hause zu gehen. Doch sie lehnten ab. Sie würden bis zur letzten Sekunde kämpfen. Wenn nötig, würden sie die Ausfahrt verbarrikadieren, um morgen die Unterschrift zu verhindern.

Hannah blieb standhaft und machte ihren Kollegen klar, dass es nichts bringen würde. Dann würden die Verträge eben an einem anderen Tag unterschrieben:

„Bitte! Geht nach Hause und macht die Sache nicht noch schlimmer als sie sowieso schon ist!" Hannah bemerkte Katharinas Blick in ihrem Rücken. Da sie sich nur langsam umdrehen konnte, sah sie nur noch eine Bewegung am Vorhang eines Fensters im oberen Stockwerk.

Im Büro begann Hannah mit der Übergabe an ihre Assistentin.

„Ehm Chefin", sagte Jasmina und hielt einen Strauß Blumen in der Hand, „ich wollte mich für meine dumme Bemerkung entschuldigen … du weißt schon …nicht mehr meine Chefin und so …?"

„Ist schon gut. Wir sind alle enttäuscht und gereizt."

„Danke!"

„Was ist das für ein Karton, der dort drüben hinter der Tür steht?"

Jasmina drehte sich zur Tür um: „Das ... das sind die persönlichen Sachen von Herrn Farber. Frau Henseler hat den Schreibtisch und die Schränke entsprechend deiner Anweisung ausgeräumt."

„Wo ist eigentlich Frau Henseler?"

„Sie sagte, sie müsste einige Termine erledigen und wäre erst heute Nachmittag wieder im Büro."

„Aha. Seit wann macht Frau Henseler Außentermine? Macht hier eigentlich jetzt jeder, was er will?"

„Jeder kämpft mit seinen begrenzten Mitteln!"

„Ich will es gar nicht erst wissen … hier noch mein persönlicher Abschiedsbrief an alle Kollegen. Könntest du ihn bitte morgen rundschicken, wenn die Verträge unterschrieben sind."

„Ja, sicher."

„Gibt es noch etwas, was ich wissen sollte?"

„Yep. Unsere Steuer- und Wirtschaftsrechtskanzlei hat die Zusammenarbeit mit Frau Farber aufgekündigt - privat wie auch geschäftlich. Ihre Geschäftspraktiken wären nicht mit den Ethikregeln der Kanzlei vereinbar."

„Ooh, harter Tobak."

„Bruno erzählte mir, dass sie dort ähnlich auffällig aufgetreten ist wie hier. Er sagte was von einer Taube auf dem Schachbrett, die überall drauf kackt …." Jasmina kicherte hinter ihrer Hand.

„Das ist ein Sprichwort und als Sinnbild zu verstehen: Egal, wie bravourös du Schach spielst, die Taube wird alle Figuren umwerfen, auf das Brett kacken und herumstolzieren, als hätte sie gewonnen."

„Ja, genau das sagte Bruno."

„Netter Typ, oder?"

Jasmina lief knallrot an.

„Sonst noch was?", fragte Hannah.

„Ehm ... ja ... ich habe gestern Abend Thomas in der Rockbar getroffen. Er war ziemlich fertig."

Hannah schwieg und reichte Jasmina noch ein paar Unterlagen.

Einen bunten Strauß Blumen übergab Hannah ihrer Sekretärin zum Abschied und sagte: „Liebe Frau Henseler, herzlichen Dank für ihre Unterstützung. Ohne Sie wäre für mich hier alles viel schwieriger geworden. Sie haben einen großen Anteil am Erfolg!“

Angelika Henseler nahm die Blumen, senkte ihren Blick und sprach leise: „Danke, aber das hätten Sie auch ohne mich geschafft.“

„Nein, nein, Ehre wem Ehre gebührt. Also machen Sie es gut und hoffentlich haben Sie Glück mit den neuen Eigentümern. Danke für alles“, sagte Hannah und klopfte ihr anerkennend auf den Oberarm. „Auf Wiedersehen.“

„Ja, Frau Schuster, hoffentlich schon bald.“

Hannah verließ das Bürogebäude. Sie schaute auf dem Parkplatz noch einmal umher und stieg in das wartende Taxi.

Vor ihrem Haus stand Thomas‘ Golf. Hannah seufzte, stieg aus dem Taxi und wollte nur noch ins Bett. Ihre Migräne hämmerte in ihrem Kopf. Das Tageslicht brannte in ihren Augen. Sie ging wortlos an Thomas vorbei nach oben. Doch er folgte ihr und gab keine Ruhe. Wieder stritten sie. Er beschimpfte Hannah und drohte mit seinem Auszug. Hannah sagte ihm, das hätten sie bereits gestern beschlossen. Sie schaffte es nicht mehr, sich weiter mit ihm zu streiten. Sie wollte nur noch ruhig im Dunkeln im Bett liegen und schlafen. Die Kopfschmerztablette vertrieb den pochenden Schmerz. Sie schlief ein.

Donnerstag, 9:00 Uhr

Hannah lag in ihrem Bett. Sie spürte ihre Beine, auch ihre Arme, sogar ihren Kopf. Ihre Schluckbeschwerden waren zur anderen Seite gewandert. Aber weiter unten, in der Magengegend, brodelte es immer noch. Katharinas egomanisches Verhalten setzte ihr zu. Die Firma zu verkaufen war falsch. Ihr Puls beschleunigte bei diesen Gedanken. Hannah blieb nur die Flucht aus dem Bett, vor den Gedanken, vor ihrer Wut. Sie zog sich an und suchte ihre Tasche. Als sie einen Ärmel ihres Mantels angezogen hatte, fluchte sie laut: „So nicht, Katharina!"

Sie drehte die Musiklautstärke in ihrem BMW bis zum Anschlag. An der grünen Ampel drückte sie das Gaspedal durch. Sie musste Katharina vor dem Termin erwischen. Katharina musste ihr einfach zuhören … sie musste einfach verstehen, was sie tat.

Hannah sah schon die Kreuzung am Notariat. Sie beschleunigte und hörte einen fürchterlich Rums. Ihr Kopf schleuderte hin und her. Sie konnte ihn nicht festhalten. Sie zog an ihrem Lenkrad, doch der Wagen drehte sich … drehte sich immer schneller und schneller. Hannah sah nichts mehr ... alles nur noch grellweiß … Es rumste noch heftiger als vorher und dann ein kratzendes Schleifen.

Hannah hörte nichts mehr. Ihr Kopf ließ sich nicht bewegen. Auch ihr linker Unterarm nicht. Sie öffnete ihre Augen und sah Thomas mit Jasmina am Arm. Sie lachten. Hannah wollte rufen, aber ihre Stimme blieb stumm. Sie sah, wie Jasmina Thomas einen Kuss auf die Wange gab … Sie bekam kaum Luft … und hustete. Ihr Mund füllte sich mit warmer Flüssigkeit. Jemand schrie … irgendwo. Dann wurden ihre Augen schwer und es war dunkel.

Jemand schlug Hannah auf die Wange und presste

ihre Brust. Sie zitterte. Sie öffnete ihre Augen und sah Gesichter. Jemand kreischte. Warme Flüssigkeit lief die Wange runter. Ihre Augen fielen zu. Jemand zerrte an ihr. Noch mehr zerrten an ihr. Alles wackelte … ihr Kopf kippte seitwärts. Und dann grelles Licht, dann nichts mehr.

Kapitel 7

Kein Bahnhof unter diesem Anschluss

„Frau Schuster, können Sie mich hören?“

Hannah sah den Mann vor ihr an, aber antwortete nicht.

„Frau Schuster!“

„Ja“

„Na endlich! Frau Schuster, wissen Sie, wo Sie sind?“

Hannah bewegte ihren Kopf und sah weißliche Wände. Sie schloss wieder ihre Augen. Das schneeweiß war grell und es brannte in ihren Augen.

„Frau Schuster“, jemand stupste sie an, „aufwachen … Los … sprechen Sie mit mir, Frau Schuster!“

Hannah öffnete wieder die Augen. Die Nervensäge lächelte. Hannah sah auch die Frau neben ihm. Plötzlich wurde Hannahs Oberkörper aufrecht gezogen. Ihr Kopf fiel seitwärts.

Die Nervensäge sagte: „Na, das ist doch schon mal ein Fortschritt. Frau Schuster, ich bin Max, ihr Physiotherapeut und das ist Lisa, meine Kollegin. Wir versuchen jetzt die ersten Schritte zu gehen. Also auf geht's!“

Die Tür wurde geöffnet und ein Luftzug ließ Hannah frösteln. Sie hörte Stimmen. Einer sagte: „Die Patientin ist heute das erste Mal mit Unterstützung gelaufen. Der Genesungsprozess verläuft bisher zufriedenstellend, aber noch etwas schleppend. Wir versuchen sie in den nächsten Tagen weiter zu mobilisieren. Wir müssen so schnell wie möglich die Schmerzmedikation runterfahren. Die Frakturen liegen im Plan. Sie wird noch einige Zeit unser Gast sein."

Eine Frau sagte: „Dann sollte sie Besuch bekommen. Sie wird Ablenkung und Unterstützung brauchen."

Eine andere Frau mit höherer Stimme sagte: „Wir mussten die Streithähne mit Kollegen aus dem Zimmer werfen. Das wird ihr nicht helfen, wenn sich ihr Mann und die ältere Dame hier anschreien und verprügeln."

„Die mit dem Mini?", fragte der Mann und Hannah hörte von der Frau ein „Hmm".

„Das ist ihre Mutter", sagte die andere.

„Sie braucht aber Unterstützung", sagte die erste Frau.

Und Hannah antwortete: „Nein".

„Frau Schuster?", hörte Hannah den Mann fragen und sie antwortete:

„Ich möchte niemanden sehen."

Im Rollstuhl schob die Krankenschwester Hannah zur nächsten Untersuchung. Dort wartete sie nun. Die verstohlenen mitleidigen Blicke der anderen Patienten nervten sie.

„Frau Schuster?" Nun war sie endlich dran. Eine Krankenschwester holte sie ins Arztzimmer.

„Frau Schuster, wann waren Sie das letzte Mal zur Vorsorge?"

Hannah antwortete: „Letztes Jahr"

„Ich wollte wissen, wann Sie bei ihrem Gynäkologen zur Vorsorge waren?"

Hannah schaute den Arzt mit zusammengezogenen Augenbrauen an und antwortete: „Das dürfte auch schon was her sein. Ich denke, so sechs bis acht Monate."

„Aber einen Mutterpass haben Sie?", fragte der Arzt. Er blätterte in den Unterlagen und sagte dann:

„Ich kann hier keinen Vermerk finden. Sie haben doch einen Mutterpass?"

Hannah schaute ihn mit geöffnetem Mund an und sagte lächelnd:

„Mein Name ist Hannah Schuster. Sie verwechseln mich sicherlich mit einer anderen Patientin."

Der Arzt schaute Hannah über seine Brillenränder an, nahm die Krankenakte und schaute nach dem Patientennamen und las ihr vor: „Hier steht Hannah Schuster. Sie sind in der 13. Woche."

„Nein, so lange bin ich noch nicht hier!"

„Frau Schuster, Sie sind schwanger."

„Nein ... das kann nicht ... nicht sein. Ich bin vielleicht in den Wechseljahren, aber ganz sicher nicht schwanger."

„Also laut meinen Unterlagen sind Sie 39. Es gibt Frauen mit sehr frühen Wechseljahr-Anzeichen, aber bei Ihnen liegt eindeutig eine Schwangerschaft vor."

Hannah schaute den Arzt an und konnte ihm kaum zuhören. Sie und schwanger? Niemals. Sie wollte nie und nimmer Kinder haben. Sie wollte Karriere machen, unabhängig sein und einen luxuriösen Lebensstil führen.

„Frau Schuster? Haben Sie mir überhaupt zugehört?"

„Ja ... Sie müssen sich irren. Ich bin auf gar keinen Fall schwanger. Ich wollte nie Kinder. Und will auch in Zukunft keine."

„Tja, da hätten Sie in der Vergangenheit andere Maßnahmen ergreifen müssen oder Sie arbeiten fleißig an

Ihrer Einstellung. Denn Sie werden Mutter. Vielleicht glauben Sie mir, wenn Sie den kleinen Mann oder die kleine Dame auf dem Ultraschallbild sehen."

„Ultraschallbild? Kleinen Mann? Kleine Dame?"

„Auf jeden Fall hat dieses kleine Wesen bereits einen sehr guten Schutzengel - es hat den Unfall gut überstanden."

Hannah lag in ihrem Krankenbett und starrte das Ultraschallbild an, das ihr der Gynäkologe mitgegeben hatte. Er erklärte ihr, was alles bereits zu erkennen war. Doch Hannah starrte ihn nur an. Aber es wuchs tatsächlich ein menschliches Mini-Wesen in ihrem Bauch. Sie hatte es auf dem Bildschirm gesehen und es bewegte sich. Sie betrachtete das Bild in ihrer Hand und eine Träne lief ihre Wange hinunter. Thomas war ausgezogen und mit Jasmina zusammen. Es wäre nur eine Belastung für alle, es ihm zu sagen, überlegte Hannah. Es war ihr Kind. Aber wollte sie es? Es gab wieder etwas in ihrem Leben, wofür es sich lohnte zu kämpfen. Sie stellte sich das Leben mit ihrem Kind vor. Wie es heranwuchs, Laufen lernte ... und Hannah im Rollstuhl hinterherfuhr. Ein grauenvolles Bild wuchs in ihren Gedanken. Noch mehr Tränen liefen über ihre Wangen.

Der Physiotherapeut kam pfeifend in ihr Zimmer, um sie für die täglichen Übungen abzuholen. Als er Hannah weinen sah, stoppte er abrupt und fragte: "Hey, was ist los? Sehe ich heute so miserabel aus, dass ich zum Heulen bin?"

Hannah lachte und rieb die Tränen aus den Augen: „Nein, nein, alles bestens. Ich habe nur gerade erfahren, dass ich schwanger bin, obwohl ich nie Kinder haben wollte. Jetzt, wo ich mich von meinem Mann getrennt habe und er bereits mit einer anderen Frau zusammen ist. Jetzt, wo ich keinen Job mehr habe und noch nicht einmal mehr, meinem Kind hinterherlaufen kann...! Also optimale Voraussetzungen für eine perfekte Mutterschaft!"

Der Therapeut setzte sich neben sie und nahm ihre Hand. Er lächelte sie an und sagte ruhig: „Das mit dem Laufen kriegen wir wieder hin. Es wird hart, aber machbar. Einen Job wirst du sicherlich finden. Und dein Mann ist dumm, wenn er so eine Frau wie dich verlässt!"

„Max, das ist lieb von dir. Aber es sind nun mal Fakten, denen ich mich stellen muss."

„Stimmt. Kinder sind das größte Geschenk und das bekommen nur besondere Menschen. Also ich würde mich riesig freuen. Du hast ja noch ein paar Monate, um deine Meinung zu ändern."

Die Physiotherapien mit Max strengten sie bis zur Erschöpfung an. Hannah lag verschwitzt und geschafft in ihrem Krankenbett, als es an der Tür klopfte. Hannah seufzte. Sie wollte einfach nur ihre Ruhe haben und schlafen. Doch Frau Henseler steckte ihren Kopf zur Tür hinein und Jasmina folgte ihr.

„Hallo Frau Schuster, wie geht es Ihnen?", sagte Frau Henseler und reichte ihr einen Blumenstrauß in einer Vase. Hannah zog sich ihre Bettdecke höher und schaute von einer zur anderen. Jasmina lächelte sie an, aber sagte nichts. Da Hannah die Blumenvase nicht nahm, stellte Frau Henseler sie auf die Fensterbank und blieb mit etwas Abstand zum Bett stehen.

„Wie geht es Ihnen?", fragte sie.

„Bitte geht. Ich möchte keinen Besuch", antwortete Hannah.

„Möchten Sie nicht die frohe Botschaft aus der Firma hören?"

„Nein."

„Auch nicht, was ihr Mann und Jasmina …"

„Nein! Und nochmals nein! Auf Wiedersehen!"

„Bist du sauer auf mich?", fragte Jasmina.

„Ob ich sauer bin? Nach dem, was du dir geleistet hast, geht das weit darüber hinaus!"

Jasmina begann: „Aber …"

Hannah unterbrach sie: „Und jetzt Tschüss!"

Die beiden Frauen sahen sich mit langen Gesichtern an und gingen zur Zimmertür. Frau Henseler drehte noch einmal um und sagte: „Gute Besserung!"

Jasmina ergänzte: „Hoffentlich bist du bald wieder auf den Beinen."

Hannah schaute auf ihren Rollstuhl, der in der Ecke stand und die beiden Frauen folgten ihrem Blick. Jasmina schlug ihre Hand auf den Mund und wechselte die Gesichtsfarbe.

Hannah sagte: „Sicher! Und jetzt geht endlich! Ich will meine Ruhe haben - das gilt auch für die Zukunft. Keinen Kontakt, keine Besuche! Vielen Dank!"

Beim Rausgehen sagte Jasmina zu Frau Henseler: „Sag' ich doch, sie gibt mir die …", den Rest verschluckte das Schließgeräusch der Tür.

Zwei Wochen später

„Ey Hannah … das läuft doch prima!", scherzte Max.

„Max, lass' das!", sagte Hannah.

„Na komm schon. Sieh dich mal an, wie du wieder läufst."

„Hast du deiner Freundin die Blumen gegeben?"

„Ja, sie denkt, ich würde fremdgehen, weil ich ihr dauernd Blumen schenke. Sie glaubt mir nicht, dass sie von deinem Mann sind."

„Soll ich sie mal anrufen?"

„Nein, bloß nicht! So, und jetzt, alte Dame, mal etwas schneller bitte!" Hannah verspürte einen Fingerstups in ihrem Rücken. Sie konzentrierte sich auf ihren Fuß und schob ihn zitternd vorwärts. Ihre vor Kraftanstrengung weißlichen Hände trieften schweißnass.

„Na also. Und noch einen Schritt!"

„Sklaventreiber!"

Hannah stand am Fenster und schaute hinaus. Wie so oft in den letzten drei Wochen, seit Max ihr den Rollstuhl weggenommen hatte. Die Zimmertür öffnete sich und Max rief ihr zu: „Das soll ich dir geben - deine Entlassungspapiere. Und das wollte ich dir geben." Den Briefumschlag nahm Hannah. Seine ausgestreckte Hand auch. Sie lächelte und verabschiedete sich von ihm. Vom Krankenbett nahm sie ihre Tasche. Als Hannah mit Max das Zimmer verließ, pfiff er ihr hinterher. Sie hörte ihn rufen: „Also mit unserem Training hast du einen knackigen Po bekommen. Pass' gut auf ihn auf!" Hannah lachte und winkte ihm zu.

Das Taxi hielt vor ihrem Haus. Sie stieg aus und sah umher. Die Frühjahrsblüher blühten. Es duftete aus den bunten Beeten und die Rasenhalme streckten sich durch die blühenden Pflanzen. Sie humpelte zum Eingang und schloss auf. Im Flur setzte sie ihre Tasche ab und hinkte ins Wohnzimmer. Es war leer. Thomas' Couch war weg, auch der Schrank. Sie schritt langsam in die Küche. Dort standen Schranktüren offen. Einige Schränke waren leer. Sie schloss die Türen. Und seufzte. Mit beiden Händen am Treppengeländer kämpfte sie sich Stufe für Stufe hinauf. Sie humpelte ins Schlafzimmer. Eine Seitenfläche des Bettes war leer. Die Matratze und Lattenrost fehlten. Hannahs Kinn bebte. In ihren Augen stiegen Tränen auf. Sie setzte sich auf ihre Matratze und hielt ihre Hände vor ihren Bauch. Sie verspürte einen Druck gegen ihre Hand. Sie schluckte schwer. Hannah starrte ihren Bauch an, lachte und ihre Tränen tropften runter.

In den nächsten Tagen kaufte Hannah einen Esstisch, Stühle, Babybett und ein neues Handy. Ihr iPhone hatte den Unfall nicht überlebt. Ihr geliebtes Cabrio auch nicht. Um ihr Auto hatte sich ihr Anwalt gekümmert, auch um Thomas und Katharina.

„Wann ist es denn soweit?", fragte Svenja und deutete auf Hannahs Bauch.

„Noch zehn Tage", antwortete Hannah und streichelte über ihren Bauch.

„Willst du es wirklich allein durchziehen?"

„Yep."

„Dass du mal Kinder haben würdest, hätte ich nicht für möglich gehalten."

„Ich auch nicht, aber manchmal biegen Lebenszüge an Weichen ab und halten erst wieder an ganz anderen Bahnhöfen als geplant. Es ist gut, wie es ist." Hannah lächelte.

Svenja sagte: „Du kannst Thomas aber nicht sein Kind vorenthalten."

„Ist es denn seins?"

„Ist es nicht?" Svenja hob ihre Augenbrauen.

„Welches Kind braucht einen Vater, der fremdgeht und sich im Krankenhaus prügelt?“

„Er hat sich wirklich mit Katharina Farber geprügelt?“

„Es muss heftig gewesen sein. Und ich habe nur dagelegen und nichts mitbekommen. Mist!“

„Hannah!“

„Sie haben danach beide Hausverbot bekommen.“

Am Nachmittag begleitete Hannah ihre Freundin zur Tür, als Svenja fragte: „Hast du was von Katharina gehört?“

„Nein. Mein Anwalt hat das alles geregelt … Genauso wie Jasmina oder Frau Henseler. Ich möchte mit niemanden sprechen. Ich bin raus aus der Geschichte!“

„Schade eigentlich. Ich denke, sie kann nichts dafür. Sie ist einfach zu dumm, um zu sehen, was wirklich im Leben wichtig ist …“

Hannah zuckte nur mit den Schultern und winkte Svenja nach. Dann ging sie in die Küche. Und nahm Milch aus dem Kühlschrank, als es an der Haustür klingelte.

„Svenja, hast du wieder was …“, sagte sie, öffnete die Tür und sah Katharina dort stehen.

Katharina lächelte sie an, bis sie zu Hannahs Bauch schaute. Sofort legte Hannah ihre Hände auf den Bauch und wich einen Schritt zurück.

„Du bist schwanger …“, Katharina starrte mit geöffnetem Mund auf Hannahs Bauch.

„Katharina, das weiß ich bereits. Und du solltest wissen, dass du hier nichts zu suchen hast! Also verschwinde!“ Hannah drückte gegen die Haustür.

Aber Katharina klemmte ihren Fuß in den Spalt und sagte: „Hannah, lass' uns bitte reden!"

„Nein! Verschwinde endlich!", schrie Hannah und stieß die Haustür zu.

„Bitte … es tut mir leid, was passiert ist. Ich habe einiges wieder in Ordnung zu bringen", Katharina klopfte gegen die Tür, „bitte lass' uns reden."

„Nein, geh' wieder! Du hattest so viele Chancen und hast keine einzige genutzt!"

„Ja, ich war dumm und habe dich verletzt, sehr verletzt. Es tut mir aufrichtig leid."

Hannah stand mit dem Rücken zur Haustür und weinte.

Sie hörte Katharina sagen: „Als du da so in dem Krankenbett lagst, dachte ich, ich würde dich für immer verlieren. Dein Mann war grausam zu mir!"

„Jeder so, wie er es verdient!"

„Mag sein, aber ich habe mein Leben gehasst. Ich wollte alles ändern. Ich wollte neu anfangen. Die alten Seile kappen, wieder frei sein. Ich habe mich mit jüngeren Männern zu der Zeit getroffen. Der Sex war gut, aber das war's auch!"

„Du hattest Sex mit Männern?"

„Du ja offensichtlich auch!", sagte Katharina.

Hannah öffnete die Tür, sah Katharinas Tränen und flüsterte: „Was willst du hier?"

„Dich … bitte! … Ich möchte dir endlich geben, was dir gehört … Justus wusste, dass er todkrank war", Katharina hielt Hannah Papiere hin, „er wollte dir seine Firma anvertrauen. Du solltest sie übernehmen und leiten, bevor er nicht mehr in der Lage dazu sein würde."

Hannah schüttelte zögerlich ihren gesenkten Kopf.

„Damit wollte Justus sicherstellen, dass ich ein Leben lang versorgt bin. Er wollte, dass seine Leute weiterhin ihre Leben leben können, wenn schon er nicht ...", sagte Katharina.

„Aber ..."

„Am Abend des Unfalls wollte Justus mit dir alles besprechen. Deshalb hatte er dich zu uns gebeten. Frau Henseler hat eine verschließbare Dokumentenkassette beim Ausräumen seines Schreibtisches gefunden. Du hattest ihr den Auftrag dazu gegeben, erinnerst du dich? Gestern ist mir der Schlüssel dafür aus einem Buch gefallen. Justus hatte ihn darin versteckt."

Hannah starrte Katharina schweigend an.

"Es ist deine Firma ... die Farber-Werke sind bei dir in den besten Händen. Das hast du monatelang bewiesen!"

Hannah antwortete nicht, sondern blätterte durch die Papiere von Justus in der Hand.

„Wieso bist du eigentlich schwanger", fragte Katharina, „du wolltest doch keine Kinder."

„War nicht geplant - ein Unfall - wie so viele in letzter Zeit. Es war auch nicht geplant, dass meine Mutter meinen Ex-Mann verprügelt."

„Er hatte es verdient", Katharina hob ihr Kinn, „er hat den Firmenverkauf zusammen mit deiner Assistentin torpediert, so dass die Absichtserklärungen nicht unterschrieben werden konnten."

„Nicht nur das", sagte Hannah und begann zu weinen.

„Wieso Mutter überhaupt? Wieso Ex-Mann? Wovon sprichst du?“

„Dich hat man im Krankenhaus für meine Mutter gehalten. Und Thomas ist mit Jasmina zusammen. Ich habe sie zusammen gesehen … Und jetzt geh' bitte, ich muss mich hinlegen“, bat sie.

Katharina nickte und fragte: „Darf ich dich morgen anrufen?“

Hannah hob kurz ihre Schultern und schloss die Haustür. Sie ging zum Fenster und sah, wie Katharina mit gesenktem Kopf zu ihrem Mini ging.

Als sie endlich auf der Couch lag, raste ihr Puls in ihren Ohren. Ein Krampf durchfuhr sie. Sie hielt die Luft an. Atmete schwer. Hannah kroch vom Sofa, bis sie auf ihren Knie davor war. Ein warmes Rinnsal lief ihren Oberschenkel herunter. Wieder ein heftiger Krampfschmerz. Hannah bemerkte, wie sie Fruchtwasser verlor, ohne es aufhalten zu können. Sie atmete hörbar aus und tastete rasch nach ihrem Telefon.

Der Taxifahrer hielt Hannah die Tür auf, als Katharina auf sie zugerannt kam. Die wischte noch Tränen aus dem Gesicht und fragte: „Hannah! Was ist los?“

Hannah sah sie nur an und presste die Lippen zusammen, als ihre Beine zitterten. Katharina sah sie an und brüllte dann den Taxifahrer an: „Geben Sie Gas!“

Katharina kam ins Zimmer zu Hannah und sagte: „Die Kleine kommt gleich. Die Schwester meint, es wäre alles okay mit ihr!“ Hannah lächelte und schloss die Augen. Katharina nahm neben dem Bett Platz.

„Danke!“, sagte Hannah.

„Wofür?“, fragte Katharina.

„Dass du da warst …!“

Katharina nahm Hannahs Hand und antwortete: „Na ja, das war das Mindeste … ich habe einiges wieder gutzumachen. Ich war unmöglich zu dir.“

„Heute hast du schon ein paar Pluspunkte gesammelt … ist deine Bluse sehr kaputt?“

Katharina fühlte, mit der Hand, an der Naht auf der Schulter entlang und antwortete: „Nein, nichts Dramatisches.“

„Es tut mir leid, dass ich mich daran …"

„Hanni, bitte! Es ist nur ein Stück Stoff. Du hast meine Schulter gebraucht."

„Nicht nur die Schulter." Katharina biss auf ihre Lippen und Tränen füllten ihre Augen.

Eine Krankenschwester öffnete die Zimmertür und schob ein Babybett rein: „Hier kommt ihre kleine putzmuntere Prinzessin!“ Hannah kullerten Tränen über die Wangen und Katharina sprang auf. Sofort beugte sie sich über das Bettchen und schaute hinein.

„Nimm' sie hoch, sie beißt nicht - noch nicht“, sagte Hannah. Behutsam nahm Katharina die Kleine aus dem Bett. Liebevoll streichelte sie die winzige Hand. Mit tränennassen Wangen strahlte sie und flüsterte:

„Du bist wun_der_schön, kleine Maus.“ Katharina setzte sich zu Hannah auf das Bett und übergab ihr ihre Tochter.

„Ich habe euch gar nicht verdient“, sagte Katharina, tupfte ihre Augenwinkel trocken, als es an der Zimmertür klopfte.

Vorsichtig kam Thomas rein und hatte einen Teddybären in der Hand. Hannah sah von Thomas zu Katharina und fragte: „Was soll das jetzt?"

„Ich habe ihn angerufen ... Seit Monaten halten wir deine Firma auf Kurs, bis du bereit bist, sie zu übernehmen ... Deine Sekretärin, deine Assistentin und dein Mann helfen mir. Und sie tun das ganz sicher nicht für mich!"

Hannah starrte mit geöffnetem Mund von Katharina zu Thomas und wieder zu Katharina.

„Thomas hat dich niemals betrogen. Im Gegenteil, was er mir nach deinem Autounfall an den Kopf geworfen hat, würde ganze Bücher füllen", erklärte ihr Katharina, „und er hatte Recht!"

„Aber ich hab' euch doch gesehen ... dich mit ihr am Arm, Jasmina küsste dich ..."

„Ich war auch dabei", sagte Katharina, „die beiden hatten meinen Notartermin platzen lassen. Thomas konnte sich darüber nicht freuen. Er war deprimiert wegen eurer Streitigkeiten. Jasmina gab Thomas Tipps, wie er sich mit dir versöhnen könne und nahm ihn tröstend an ihre Seite. Sie rief deine Handynummer an. Als wir dein Handy bei dem demolierten Unfallwrack klingeln hörten, rannten wir zu dir. Bis der Rettungswagen kam, hat dich Jasmina beatmet. Wir haben dich aus dem Wrack gezogen."

Hannah weinte und in ihrer Armbeuge schlief friedlich ihr Baby. Katharina stand auf und küsste Hannah auf den Kopf: „Bis morgen - halt die Ohren steif!"

Als sie an Thomas vorbeiging, drückte sie ihn kurz

am Handgelenk. Er stand immer noch da und sagte: „Ich habe dich vermisst, Liebes. Ich kann dir gar nicht sagen, wie sehr."

Hannah weinte immer noch und flüsterte: „Das ist unsere Tochter. Wir brauchen einen Namen für sie."

Dankeschön

Ich bedanke mich bei Anne für die vielen Gespräche und Kommentare. Bei Karin, Kethi und Petra für die Hilfe und die kreativen Abende. Danke an meine Familie, die mich mit Katharina und Hannah teilen musste. Danke auch an die, die hier nicht genannt werden wollen, es aber trotzdem verdient haben.

Ganz besonders danke ich meinem Onkel. Sein letztes Lächeln hat mich, in den letzten vier Monaten, durch dieses Buch begleitet. Ruhe in Frieden, wir vermissen Dich!

Yvonne Krogner

Informationen

zum Buch

Eigentlich hatte Hannah nur einen Termin mit Justus. Doch dann wird sie von Polizisten verdonnert, ihre Freundin Katharina ins Krankenhaus zu fahren.

Schon der erste Besuch bringt Hannah an ihre Grenzen, denn jeder verpflichtet Hannah, auf Katharina aufzupassen. Die ist anfangs dankbar, aber entwickelt ihre eigene Sicht der Dinge. Das Chaos bricht los.

zur Autorin

Yvonne Krogner erblickte 1971 an Karneval in Köln das Licht der Welt. Sie studierte später Wirtschaftswissenschaften. Heute lebt sie mit ihrer Familie im Rheinland. Der Tag nach dem Leben davor ist der erste Roman der Kölnerin.

Mehr zu ihr auf www.yvonnekrogner.de

Liebe Leserinnen und Leser,

zum Schluss danke ich Ihnen für die gemeinsamen Stunden. Es ist ein einzigartiges Gefühl zu wissen, dass es mir gelungen ist, Ihnen eine spannende unterhaltsame Zeit zu schenken.

Ich freue mich auf unser Wiedersehen,
Ihre Yvonne Krogner

30018235R00114

Printed in Poland
by Amazon Fulfillment
Poland Sp. z o.o., Wrocław